Philipp Gurt

Die Tote im St. Moritzersee

Der zweite Fall für Corina Costa

Roman

Oktopus

Für den Blick hinter die Verlagskulissen:
www.oktopusverlag.ch/newsletter

Ein Oktopus Buch bei Kampa

www.oktopusverlag.ch
Satz: Herr K | Jan Kermes, Leipzig
Gesetzt aus der Stempel Garamond LT / 2401120
Druck und Bindung: Friedrich Pustet, Regensburg
Auch als E-Book erhältlich
ISBN 978 3 311 30062 5

Für Valerio Gerstlauer

Prolog

Ihre Augen baten nicht darum, am Leben bleiben zu dürfen. Sie waren auch nicht vom Schrecken weit aufgerissen, weil ihr Ableben sich sanft näherte wie der Kältetod, der seine Opfer in den letzten Minuten in Wärme hüllt. Ihre Augen schimmerten verklärt und spiegelten wie die Sterne über ihr diese zeitlose Melancholie wider, als würde ihr Verblühen niemals enden, das Lebenslicht ewiglich tief über dem Horizont verweilen; die Schatten lang, der Schein weich. Doch der See um sie herum war totenstill und schwarz wie eine Träne der Nacht.

Vielleicht lag der Schrecken aber auch fern, weil er sinnlos gewesen wäre, denn die Augen, die zuvor in die ihrigen blickten, hatten sie betrachtet, als wäre sie bloß ein Gemälde, ein Kunstwerk, das dem Sonnenuntergang und der ewigen Nacht geweiht war.

Sie vermochte nicht mehr zu blinzeln, auch dann nicht, als sich ihre Augen mit Tränen füllten, die überliefen und eine glitzernde Spur der Erinnerung auf ihrem Gesicht hinterließen, wie kleinste Spiegel der Vergangenheit. Ihr Atem wurde sanft schwächer, zu einem Hauch, der zwischen ihren leicht geöffneten Lippen unentschlossen ein und aus ging, ehe er kraftlos über dem ruhenden See verwehte.

Warum?, fragte der Schimmer in ihren Augen, doch er war frei von jeder Anklage.

Sie verspürte keine Atemnot, als ihre Brust sich nicht mehr zu heben noch zu senken vermochte. Ihr Herzschlag verlangsamte sich ohne Hast.

Ich vergebe dir, sagten ihre Augen. Wäre gerne geblieben, doch nun nicht mehr, denn der Himmel öffnet sich in mir, mein Hinübergleiten hat bereits begonnen. Ich löse mich von meinem Körper, die Fesseln meines fleischlichen Daseins fallen wie schwere Ketten von mir, und mir wachsen Flügel aus Licht. Es ist meine Zeit, die gekommen ist, ich bleibe im Gesamten und werde somit ewig leben. Aber zuvor vergebe ich dir, denn ohne es zu wissen, hast du mir ein wunderbares Geschenk angetan. Ich werde zum ersten und zum letzten Licht der Ewigkeit. Tintenschwarz wie der See bleibt aber mein Tod in deiner Welt zurück, und dein Ende ist dir gewiss und näher, als du es zu befürchten wagst!

I

Mit einem gefüllten Glas Whisky in der rechten Hand und der linken in der Hosentasche seiner hellblauen Shorts vergraben, stand ein dunkelhaariger Mann betont lässig am Rand einer Feier und starrte auf Anastassia Maranta. Die 24-Jährige tanzte in dieser Nacht am Ufer des Lej Marsch im Engadin, umgeben von jungen Menschen, Lärchen und den dunklen Bergen, als gäbe es nur diesen einen Moment.

Die Engadinerin trug ein goldfarbenes tailliertes Vintage Sommerkleid, das ihr bis zur Mitte ihrer sportlich schlanken Oberschenkel reichte und dessen locker geschnittene Ärmel ihre kupferbraunen Schultern entblößten. Der großzügige Rundhalsausschnitt war teils bedeckt von einer Kette aus großen, flachen Muscheln, die perlmuttfarben schimmerten.

»Die Loreley der Berge«, murmelte der Mann mit Blick auf ihr sonnengebräuntes Gesicht, die sanften Lippen, die leuchtend blauen Augen, die er aus dieser Distanz zwar nicht genau sah, aber untrüglich in Erinnerung hielt. Ihr schwarzes Haar trug sie wie immer in einem asymmetrischen Schnitt; rechts gestuft kinnlang, links fiel es ihr bis zur Schulter, die Fransen verliefen schräg über ihre Stirn. Diese Frisur verlieh ihr etwas Abgehobenes, Eigenwilliges.

Aus rostigen Feuerschalen, welche die Form von darbietenden Händen hatten, loderten Feuer. Diese tauchten alles in ein flackerndes Gelborange, warfen ihren Schein weit über den kleinen Bergsee. Eine DJ legte auf, der Bass gab wummernd der Nacht schon seit Stunden seinen Rhythmus vor. Anastassia bewegte sich zur Musik, wie es keine andere vermochte, und das barfuß, seit sie vor einer Stunde unter dem spontanen Applaus der Anwesenden ihre Schuhe in den See geworfen hatte.

Ein blondhaariger Mann betrat die Szenerie am Rand der Feier. Er schien aus dem Nichts gekommen zu sein. »Cheers, Marlon«, ertönte seine auffallend helle Stimme, als sei der Stimmbruch an ihm vorübergegangen. Er hob dabei sein Glas zum Mann mit dem Whisky. »Den Kerl, der die Schöne erobert, den möchte ich noch erleben, doch bis dahin verdreht sie weiter allen den Kopf. Sogar den Frauen bricht sie, wie ich höre, neuerdings die Herzen, und das im Dreivierteltakt.«

Marlon, auf dessen kantigen Gesichtszügen der Feuerschein flackerte, nickte gedankenverloren und nahm einen kräftigen Schluck von seinem Whisky, bevor er sich kurz über den gepflegten Dreitagebart strich. »Und uns beide macht sie auch diesen Sommer wieder zu kastrierten Cäsaren.« Seine Stimme war im Gegensatz zu der des anderen dunkel und kalt gefärbt. Er lächelte milde, als hätte er sich mit dieser Tatsache nach langem Ringen mittlerweile abgefunden. Doch er dachte fordernd: Irgendwann wird sie wirklich mir gehören, denn niemand kann und darf wie ein Komet durch die dunkle Nacht von gepeinigten Menschenseelen brausen und dabei vom Licht berichten, nur um danach die Düsternis wie einen Fluch hinter sich fallen zu lassen; eine Dunkelheit, die für alle, die Anastassias Licht gesehen haben, danach nur noch schwärzer erscheint. Er formte seine Lippen kurz zu einem Strich, Wut kam in ihm hoch.

Aber nicht mit einem wie mir, dachte er, ich werde eines Tages in dieses verdammte Leuchten eintauchen, es trinken wie aus dem goldenen Füllhorn der Wonne, denn es gibt auch stumme Versprechen. Doch was er zum Blonden sagte, war: »Wahrlich, Simon, ich sage dir, milliardenschwer ist sie, und wo sie ist, da blüht das Leben.«

»Stinkreich und arrogant, würde ich eher behaupten«, murmelte unverhohlen der Blonde mit der Schmalzlockenfrisur und der glockenhellen Stimme. Es war ihm anzusehen, dass er Sohn von Beruf war, und das schon sein Leben lang. Anscheinend überrascht von seiner eigenen Direktheit blickte er auf sein Gegenüber.

Marlon kippte den letzten Schluck Whisky in einem Guss in sich hinein, wie jemand in einer Kneipe, der nach vorn gebeugt am Tresen hockt und mit dieser Geste Schluss mit seinen Sorgen machen will. Er entgegnete nach dem Absetzen mit ruhiger Stimme: »Ja, Simon, ein Leuchtfeuer zweifelsohne. Arrogant? Auf jeden Fall! Deshalb werden auch wir uns heute Nacht weiter gezwungen fühlen, unser beider bestes Lächeln aufzusetzen in der banalen, ja geradezu infantilen Hoffnung, dass sie uns eine Krume zuwirft. Dabei werden nicht nur wir zwei wie Tauben um sie tänzeln und gurren und das, was von ihrem Lichtschweif zu Boden fällt, eilig aufpicken. Wir werden wie alle anderen in der Dunkelheit der Nacht verzweifelt umherflattern, während Anastassia mit dem lautlosen Lächeln einer Lichtgestalt durch die Menge schreitet, dabei die Dunkelheit mit ihrem Licht teilt wie Moses das rote Meer.«

»Ach Gottchen, Marlon, du warst ja schon immer ein lebensverzweifelter Poet. Sogar schon damals in der Schule, als deine Pickel ein Vielfaches größer waren als dein Selbstvertrauen. Doch vergiss nicht, mittlerweile sind wir beide 30, und es geht mit dir nur noch bergab, auch was das Dichten betrifft. Warum sagst du nicht einfach normale Sachen? Etwa, dass du sie unbedingt mal bumsen willst, so wie ich es ja auch tun möchte, und wahrscheinlich jeder Kerl, den du hier siehst. Und bestimmt hat auch die grünhaarige DJ bereits verzehrende Phantasien, denn sie hängt doch den ganzen Abend schon mit ihren Augen an der tanzenden Anastassia und lächelt dabei, als lege sie nur für sie auf. Eine Täubin unter Tauben.«

»… unter Tauben. Ein gar gewagtes Wortspiel, Simon, bedenkt man doch, dass niemand Anastassia je sprechen hört. Aber nein, es ist nicht diese Art der Begierde, die mich umtreibt. Wir beide haben das nötige Aussehen und Geld genug, um jeden Abend eine andere Muschi klarzumachen – wenn ich mich mal deiner grottenhässlichen Gossensprache bedienen will, die zweifellos in treffenden Momenten ja auch ihre Vorteile hat, obwohl ich sie dennoch gänzlich ablehne, wie ich betonen muss.« Er blickte wehmütig auf die Tanzende, dann zurück zu Simon, dessen Augen die Farbe von milchig kaltem Gletscherwasser hatten. »Sie ist anders, anders als alle, und das weißt auch du. Sie ist Anastassia Maranta, die Unnahbare, die Königin des Lichts.«

Als hätte Anastassia die beiden in diesem Augenblick aus der Schar der Tanzenden gerufen, wandten sich die beiden Männer ihr synchron zu.

Die Privatparty hatte ihren Höhepunkt überschritten. Mitten in den Dutzenden Feiernden streckte Anastassia ihre schlanken Arme über ihren Kopf. Mit einem magischen Lächeln im Gesicht schob sie sich durch die Menge auf die Holzbar zu und trat an den Tresen. Die junge Barkeeperin holte ein kleine Flasche Bier hervor, öffnete sie schwungvoll mit einem Flaschenöffner und reichte sie ihr. Anastassias Lippen formten geräuschlos ein »Danke«.

Jeder, der Anastassia kannte, wusste, dass sie, als sich ihre Mutter vor elf Jahren das Leben nahm, ihre Sprache verloren hatte, nicht aber ihr Lächeln, das hatte sie irgendwann wiedergefunden. Ein Lächeln erfüllt von Glück und diesem Schimmer von Melancholie.

Anastassia lehnte sich rücklings an die Bar, setzte die Flasche an ihre Lippen und blickte auf den kleinen See, der im Feuerschein zu neuem Leben erwacht war. Obwohl sie sich im Engadin und auf 1800 Meter über Meer befanden, war diese Nacht außergewöhnlich mild.

Während Anastassia den ersten Schluck trank, kamen sie bereits angetänzelt, all die Tauben, die um sie gurrten und an ihrer Mimik hingen, um zu verstehen, was sie über das Gehörte, das sie ihr nun kundtaten, dachte. Dazu hämmerte der Beat durch die Nacht, der Bass war in eines jeden Brust zu fühlen. Es roch nach Sommer, nach dem Rauch der Feuer, Funken verglühten in der Dunkelheit. Der Engadiner Himmel hatte sich in dieser Leermondnacht besonders verdunkelt, denn Böses war im Verzug!

2

Montag, 17. Juli 2023, 11:05 Uhr

»Was soll das heißen, Anastassia ist verschwunden?« Rudolfo Maranta blickte aus seinem 70 Quadratmeter großen Arbeitszimmer, in dem der 60-Jährige schon einige Persönlichkeiten und noch mehr Reiche zu Gast gehabt hatte, hinunter auf den St. Moritzersee. Er legte, einem Ritual gleich, seinen Füllfederhalter in die dafür vorgesehene Schale, die aus einem großen Kristall geformt war. Seine Manschettenknöpfe glänzten. Dann drehte er sich im Ledersessel sitzend langsam um und wandte sich an seine Assistentin Lorena Feuerbach: »Wann hast du sie zuletzt gesehen?«

»Ich bin mir fast sicher vor zwei Tagen, am Samstag, als sie irgendwann Anfang Nachmittag vom Joggen kam. Unten beim Haupteingang. Da haben wir uns kurz ausgetauscht.«

»Ich finde es beunruhigend, dass Anastassia heute weder aufgetaucht noch auf ihrem Handy erreichbar ist. Sie wolle mir heute etwas anvertrauen, hatte sie gesagt. Vor zwei Stunden bereits hätte sie hier sein müssen. Dass sie ohne Mitteilung diesem Treffen fernbleibt, sieht ihr ganz und gar nicht ähnlich. Dazu frage ich mich, wieso du ihren Wagen nicht mehr orten kannst. Hoffe, sie hatte keinen Unfall. Ich nehme an, sie ist mit ihrem roten Audi unterwegs und nicht mit dem schwarzen BMW?«

»Ja, mit dem Cabriolet. Wollen wir aber doch nicht

schon an einen Unfall denken. Möglicherweise hat der eingebaute GPS-Tracker bloß keine Verbindung zum Funknetz. Der BMW steht jedenfalls in der Garage und ist tipptopp zu orten. Und, Rudolfo, es ist nicht so, dass ich mir keine Sorgen machen würde, denn ich weiß ja, dass sie zuverlässig ist, wenn es um solche Dinge geht.«

»Soll das heißen, sonst nicht?« Rudolfos Ton wurde akzentuierter.

»Ehrlich gesagt ja, und das weißt auch du. Aber eben nicht, wenn es um die Familie geht, und das ist doch hier entscheidend. Aber das muss ich dir als ihr Vater gewiss nicht sagen.«

Rudolfo signalisierte mit seinem Blick, dass er mit dem Gesagten einverstanden war.

Feuerbach hakte nach: »Hat sie denn angedeutet, worüber sie mit dir reden will?«

Rudolfo Maranta schlug seine Beine übereinander. »Nein, sie hat mir nur die eine Nachricht dazu geschrieben und sich geheimnisvoll vage gehalten.« Er rotierte wieder im Sessel zurück und verschwieg, dass seine Tochter ihm in einer zweiten Nachricht zusätzlich aufgetragen hatte, mit niemandem über das geplante Treffen zu reden. »Moment.« Er griff nach seinem Mobiltelefon, das penibel ausgerichtet auf dem glänzend polierten rötlichen Mahagoni-Schreibtisch lag. Feuerbach trat seitlich neben ihn. Er las ihr nur die erste Nachricht vor: »Pa, muss dringend und unter vier Augen mit dir reden. Wirklich dringend! Wann bist du zurück?«

»Und? Was hast du ihr geantwortet?«

»Wie du siehst, hat sie mir die Nachricht bereits am Mittwoch geschickt, als ich mich schon zwei Tage im Ausland befand. Natürlich habe ich nachgefragt, um was es geht, dass sie es mir doch kurz schreiben soll, denn auch wenn sie vor mir sitzt, tippt sie ja alles in ihr Smartphone oder Tablet, damit die App es dann laut vorliest.«

»Und?«

»Wie erwähnt, sie meinte, dass sie es unter vier Augen mit mir bereden wolle. Dementsprechend antwortete ich, dass ich erst in der Nacht von Sonntag auf Montag zurückkehren werde und mir daher erst heute Morgen in aller Früh Zeit für sie nehmen könne. Sie hat darauf nur einen Daumen hoch geschickt.« Er nahm einen nachdenklichen Atemzug und trommelte mit den Fingern seiner rechten Hand, an der er einen goldenen Siegelring trug, der das Wappen der Marantas zeigte, auf den Tisch. »Also frage ich mich, wo sie bleibt? Und wieso sie so geheimnisvoll tat?«

»Rudolfo, ich habe zuvor extra die Videoaufnahmen der Villa gecheckt. Anastassia hat diese zuletzt am Samstagabend um 23:17 via Tiefgarage verlassen, saß alleine am Steuer ihres Audis. Vielleicht ist sie nach Zürich gefahren, in ihre Wohnung am See?«

»Um diese Zeit? Nein, das glaube ich nicht. Das ist doch eher die Zeit, zu der sie manchmal erst ausgeht.« Der schlanke 60-Jährige erhob sich unvermittelt und trat ans große Panoramafenster, welches sich gewölbt über die gesamten 10 Meter Breite des Arbeitszimmers erstreckte und sämtliche Geräusche von außen verschluckte. Er drehte Lorena dabei den Rücken zu und blickte über den St. Moritzersee, der spiegelglatt und dunkelblau unter ihm lag. Maranta trug wie immer ein tadellos gebügeltes Hemd, und seine Vorliebe für silbergraue Maßanzüge war auch an diesem Tag zu erkennen, ebenso, dass er Krawatten nicht mochte. Stattdessen trug er einen farbigen Schal aus feinster Seide. An seinem rechten Handgelenk hing eine gewichtige Rolex im Wert eines Oberklassewagens, die er sich zum Fünfzigsten geschenkt hatte. Im Gegensatz zu seinem vollen grauen Haar war sein gepflegter kurzer Bart schwarzgrau meliert. Während sein Blick weiter über dem See hing, vergrub er seine Rechte in der Hosentasche. »Ich weiß ja, meine Anastassia ist manchmal wie der Bergwind.« Dann senkte er seine Stimme. »Doch diesmal beschleicht mich ein ungutes Gefühl.« Seine hellblauen Augen stachen aus dem von der Bergsonne gebräunten Gesicht hervor.

Die 36-jährige Feuerbach trat mit kurzen Stilettoschritten an ihn heran. Sie war etwas größer als er. Ihr steckengerades kupferrot-blondes Haar floss über ihre Schultern wie edles Metall. Sie trug ein schwarzes Kostüm, das ihre langweilig perfekte Figur zur Geltung brachte. Der teure Schmuck, den sie an diesem Tag trug, wirkte durch seine Schlichtheit genau so teuer, wie er war.

»Mach dir nicht jetzt schon zu viele Sorgen, Rudolfo.« Sie umschlang ihn sachte von hinten.

Es war längst ein offenes Geheimnis, und das nicht nur im Hause Maranta, dass die beiden ein Paar waren, wenngleich niemand es direkt aussprach, weil Rudolfo noch immer den Ehering seiner verstorbenen Frau Helena am Finger trug.

Er drehte langsam seinen Kopf zur Seite. Lorenas grünblaue Augen blickten ihn aufmunternd an. »Hey, mein Lieber, sie wird bestimmt wieder auftauchen. Manchmal ist sie halt tatsächlich wie der Bergwind, der seine Richtung wechselt, wie er mag, und sich nicht einfangen lässt.« Ihre Worte hatten wenig Wirkung, denn sie beide wussten, dass etwas nicht stimmte.

Rudolfo küsste sie flüchtig auf die Wange, dann löste er sich behutsam von ihr, blickte ihr ernst in die Augen. »Ruf bei der Kantonspolizei an. Die sollen jemanden herschicken. Den besten Mann, den sie haben! Ich befürchte, Anastassia ist etwas zugestoßen!«

3

Corina Costa saß im Halbschatten einer Arve auf der Veranda ihres alten Bergbauernhofs. Ihr zahmes Murmeltier, das sie als Jungtier vor Jahren verletzt hoch oben in den Bergen gefunden und zu Hause liebevoll gesund gepflegt hatte, lag auf ihrem Schoß. Seither gehörte Fred genauso zur Familie wie die sieben Geißlein und ihre Gackerinas, so nannte sie ihre Hühner. Die naturverbundene 40-Jährige, die ihr pechschwarzes und naturgelocktes Haar, das ihr bis über den Nacken fiel, immer selber schnitt, und die Berge und Tiere als ihre besten Freunde bezeichnete, blickte hinunter aufs Dörflein Pontresina, während das Licht-Schatten-Spiel der Zweige über ihr im launigen Rauschen des Bergwindes tanzte.

Ihr altes schwarzes Wandtelefon, eines mit Wählscheibe, riss sie nur Minuten später, um kurz vor 11:30 Uhr, mit seinem rhythmischen und dem Anschein nach nimmermüden Schrillen aus ihrem gemächlichen Dasein.

Sachte setzte Corina Fred auf den Boden und sagte ihm dabei auf Romanisch, dass sie ans Telefon gerufen werde. »Eau stögl be svelt piglier giò il telefon.«

Mit einem freundlichen »Allegra«, was so viel wie »Guten Tag« hieß, hob sie ab.

Am anderen Ende war der Regionenchef des Kriminalstützpunktes der Kantonspolizei Graubünden in Samedan, dem auch Corina, die fürs Oberengadin und das Bergell zuständig war, angehörte.

»Corina, hör mal. Es scheint, dass die Tochter von

Dr. Rudolfo Maranta spurlos verschwunden ist«, sagte Urs Capeder, ihr oberster Vorgesetzter im Tal. »Er will mit jemandem von uns reden. Kannst du das übernehmen?«

»Du meinst *den* Maranta, den Milliardär? Den ungekrönten König des Jetsets in St. Moritz?«

»Genau den meine ich.«

»Aber wir haben doch noch immer ein paar gute Leute auf dem alten Posten in St. Moritz, auch Fahnder, somit sogar im selben Dorf.«

»Will er nicht.«

»Dann frage ich mich, warum der Mann nicht die Viertelstunde zu euch auf den Posten nach Samedan fährt oder sich chauffieren lässt. Fällt ihm dann ein Stein aus der Krone? Es geht ja schließlich um seine Tochter, und außerdem habe ich heute meinen freien Tag.« Corina blieb wie immer freundlich, so wie es ihre Art war. Sie arbeitete jeweils nur drei Tage die Woche als Alpinpolizistin und Ermittlerin bei der Kripo im Engadin, außer ein Fall verlangte ihren vollen Einsatz darüber hinaus.

»Er hat übrigens nicht selbst angerufen. Seine Assistentin war in der Leitung. Sie hat darauf bestanden, dass wir unseren besten Ermittler schicken. Das habe ich ihr zugesichert. Also habe ich dich angerufen, obwohl du frei hast.«

»Soll das jetzt ein Kompliment sein, oder sucht ihr Kanonenfutter, Urs?«

Er lachte. »Ach Pfeifendeckel, Corina, ich finde also schon, dass dies ein Kompliment ist, und ein ehrliches obendrein.«

»Na dann sage ich ›Grazcha fich‹«, antwortete sie mit ihrer warmen Stimme. Sie war dafür bekannt, dass sie nie mehr als nötig sprach. Sie sagte: »Die Hoheit muss sich aber einen Moment gedulden. Ich muss erst vom Berg runter und davor noch meine Tiere versorgen.«

»Du hast ja noch immer keinen Führerschein. Sollen wir dich im Dorf unten abholen?«

»Ach, wozu auch? Bis ihr in Pontresina seid … ich nehme lieber mein Garutsch«, das war der Name für ihr altes Damenrad, »und vom Dörfli aus sind es ja nur noch sieben Kilometer bis St. Moritz, das habe ich geschwind. Aber ich brauche die Adresse.«

Corina legte auf, nachdem sie diese notiert hatte, und machte sich bereit. Sie holte ihre Waffe aus dem Versteck, lud dann die Glock mit der separat gelagerten Munition und steckte sie ins Schulterholster. Bevor sie ihren Hof verließ, kontrollierte sie, ob all ihre Tiere genug Wasser und zu fressen hatten, und streichelte Fred zum Abschied über den Rücken, nachdem er sie bis zum Tor im Gartenzaun begleitet hatte. Das immer frohe Kerlchen wäre wohl gerne mitgekommen, so wie er sie anschaute und ihr herzzerreißend nachpfiff.

Doch sie musste sich auf ihr altes hellblaues Damenvelo setzen; ein unverwüstliches bleischweres Modell aus den Siebzigern mit vielen aufgemalten kleinen Sonnenblumen, mit dem sie oft im Tal unten unterwegs war. Auf diesem ratterte sie nun halsbrecherisch auf der schlechten Bergstraße hinunter nach Pontresina, das sich friedlich ruhend unter ihr sonnte, als läge pures Glück über dem schönen Hochtal.

Der warme Fahrtwind zerzauste unterwegs ihre widerspenstigen Locken, ihre wachen Augen blickten in den Sommertag, als unternähme sie eine Sonntagsausfahrt, und das an einem hellheiteren Montag. Wie so oft hatte sie erst im letzten Moment, beim Verlassen des alten Hauses, an das Mobiltelefon gedacht, an den Knochen, wie sie es nannte. Verdeckt unter ihrem offenen schlichten Holzfällerhemd trug sie ihr Schulterholster umgeschnallt, mit der gesicherten Glock darin – Vorschrift bei jedem Einsatz.

Nachdem sie Pontresina hinter sich gelassen hatte und auf einer verlassenen Nebenstraße mitten durch Felder in Richtung Celerina radelte, der warme Sommerwind wehte ihr dabei ins Gesicht, erblickte sie von Weitem schon die uralte Begräbniskirche San Gian. Diese erhob sich mit ihren beiden ungleichen Türmen einsam auf einem Hügel. Corinas Gedanken schweiften zwangsläufig ab, denn hier lag das Grab ihrer Mutter Everita, die mittlerweile schon seit 22 Jahren tot war und ein großes Geheimnis mit in die Ewigkeit genommen hatte.

Einige Minuten radelte Corina in diese Gedanken versunken weiter, bis sie kurz vor Celerina das warnende Hupen eines Lastwagens abrupt ins Hier und Jetzt zurückriss.

In St. Moritz angekommen brauchte sie sich nicht zu orientieren, denn die mächtige Villa Chantarella der Marantas, mit ihren kleineren Nebengebäuden, thronte oberhalb des Ortes und unterhalb der Chantarella-Bahn, am oberen Ende der Via Tinus. Es war Mittagszeit, es gab nur wenig Verkehr auf den Straßen, und von überall her wehte der leckere Duft von Gekochtem.

Nach insgesamt 40 Minuten Fahrzeit erreichte sie die private Zufahrt, die zu dem Anwesen abzweigte. Sie stellte ihr Flower-Power-Garutsch vor dem geschlossenen Tor ab und drückte den Knopf, auf dem *Anmeldung* stand und der sich unterhalb einer Kameralinse befand. Der Rasen um sie war grüner als grün und so streng geschnitten wie ein Kurzhaarschnitt im Militär. Die niedrige Natursteinmauer, die nicht zum Schutz der Liegenschaften erbaut sein konnte, wurde von schönem Buschwerk und perfekt gepflegten Rabatten durchbrochen. Das voluminöse Plätschern eines Wasserspiels wehte herüber.

Eine weibliche Stimme ertönte aus dem Lautsprecher, über dem die Kameralinse sie weiter anstarrte. »Wir kaufen nichts und geben auch keine Almosen. Sehen Sie denn nicht das Schild? Hausieren verboten!« Dann war die Verbindung weg.

Corina musste lächeln, schaute an sich herunter. Sie trug wie immer Secondhand, diesmal eine alte Jeans, wie immer im Look der Siebziger, denn sie liebte diesen Kleidungstil, den schon ihre Mutter getragen hatte. Manches Kleidungsstück stammte noch von ihr. Das Shirt war sauber, wenn auch zugegeben zünftig ausgebleicht. Und das Damenhemd im Holzfällerstil lag, schon seit Corina denken konnte, im alten Schrank. Da es Sommer war und sie bei diesem Einsatz wohl nicht in die Berge steigen musste, trug sie leichte Ledersandalen und nicht wie in den kalten und langen Wintermonaten ihre alten schweren Bergschuhe, deren Sohlen, waren sie mal abgelaufen, nur beim einzigen und uralten Schuhmacher in Celerina neu besohlt werden konnten. Heutzutage warfen die meisten Leute gleich alles weg, statt das Alte wieder in Schuss zu bringen, weil es neu halt billiger zu haben war, bedauerte Corina. Allein schon der Umstand, dass es nicht wenige gab, die jedes Jahr ihr Handy gegen das neueste Modell eintauschten, wollte ihr nicht in den Kopf. Als würden sich die Leute dadurch besser verstehen. Nun, vielleicht hielt man sie auch deswegen für eine Hausiererin, weil ihr Haarschnitt kreativ war, denn Corina nahm es da nicht so genau. Sauberkeit war ihr wichtiger, wenngleich auch das nicht übertrieben.

Doch nun mit Blick auf sich selbst fragte sie sich dennoch: Sehen so die Hausierer in St. Moritz aus? Sind die hier oben schöner und besser angezogen als im restlichen Schweizerland? Sie selbst hatte nämlich noch keinen zu Gesicht bekommen.

Corina drückte nochmals die Klingel und streckte ihren Dienstausweis, den sie aus der hinteren Hosentasche gezogen hatte, vor die Kameralinse. »Kantonspolizei Graubünden, Adjutant Costa. Dr. Rudolfo Maranta hat mich gemäß seiner Assistentin Frau Feuerbach hergebeten.«

Einen Moment herrschte Stille in der Leitung. Dann: »Moment bitte.« Der Ton war nicht freundlicher geworden.

Eine etwas rundliche Bedienstete mit abweisendem Blick von oben herab öffnete das Tor und führte Corina ins Gebäudeinnere, über glänzend schwarze Marmorböden hinweg durch den Anbau zur Villa.

Als die Frau sich plötzlich nach ihr umdrehte, sagte sie entrüstet: »Sie hinterlassen ja eine regelrechte Schweinerei.«

Corina verstand nicht, blickte verwundert die Frau an.

»Ihre Schuhe! Schauen Sie mal der Dreck, der aus dem Profil kommt.«

Corina blickte zurück. »Ach, das«, sagte sie gedehnt, »das ist doch kein Dreck, das ist nur etwas trockene Erde, weil ich zuvor an der Tränke meiner Gackerinas stand.«

»Das ist Dreck!«

»Vergessen Sie bitte nicht: Zu diesem Dreck, den ich Erde nenne, werden wir alle irgendwann. Es heißt ja schließlich Erde zu Erde und nicht Dreck zu Dreck.«

Nun war es die Angestellte, die verwundert dreinschaute.

Corina half ihr auf die Sprünge: »Erde zu Erde, Asche zu Asche … Dreck zu Dreck.« Sie bückte sich und zog die Ledersandalen aus. Nun stand sie barfuß da. Sie fragte die schwarzhaarige Frau, die sich nicht namentlich vorgestellt hatte und mit einem italienischen Akzent sprach: »Geben Sie mir doch bitte etwas, um das bisschen Erde zusammenzukehren.«

»Nein, lassen Sie das, Sie machen sonst nur noch eine

größere Sauerei. Dafür haben wir doch unsere Putzfrauen.« Und mit Blick auf Corinas nackte Füße, die, weil sie auf dem Hof wann immer möglich barfuß herumlief, fleckig braun von Erde waren, fügte sie hinzu: »Sie wollen allen Ernstes so zu Herrn Dr. Maranta?«

»Sind Ihnen die auch nicht sauber genug? Er muss ja nicht mit meinen Füßen reden. Außerdem sind die sauber, auch wenn sie nicht danach aussehen. Wald- und wiesenfrisch sozusagen, mit dem Parfum der Natur gepudert.«

Die Bedienstete nahm einen langen, sichtlich genervten Atemzug. »Also«, sie schüttelte den Kopf, »folgen Sie mir. Aber Ihre Sandalen, die bleiben hier.«

Dieser Rudolfo Maranta hatte sich seine Villa aber was kosten lassen, dachte Corina, während sie den kalten Marmor unter ihren warmen Füßen fühlte. Erst nach einem weiteren Flur betraten sie über einen kleinen Annexbau die eigentliche Villa Chantarella. In dieser hingen imposante Gemälde an den Wänden, viel Glas gab's und edle Möbelstücke und große chinesische Vasen, und aus jedem Fenster, an dem sie vorübergingen, schien die Aussicht schöner nicht sein zu können. Dennoch wirkte die Villa auf Corina menschenleer und vereinsamt.

Als dürfe die Angestellte eine unsichtbare Grenze nicht überschreiten, blieb sie plötzlich abrupt stehen und wählte auf ihrem Telefon, das sie in einer Halterung an der Hüfte trug, eine Nummer.

»Entschuldigen Sie bitte schön die Störung, die Polizei ist nun hier«, sagte sie und blickte, während sie warteten, wieder abfällig auf Corinas Füße, die ihrerseits dachte, dass ihre nackten Füße beim Wandern schon so manchen Stein erfühlt hatten, doch noch nie so einen Marmor, der sich edel dunkel durch alle Gebäude des Anwesens zu ziehen schien.

Eine kupferblonde junge Frau, Corina schätze sie auf etwa Mitte 30, kam kurz darauf angelaufen. Zuerst war das zackige Klackern ihrer Absätze zu hören gewesen. Mit einem Lächeln und weit ausgestreckter Hand kam sie die letzten Schritte auf Corina zu.

»Guten Tag. Mein Name ist Lorena Feuerbach, ich bin die persönliche Assistentin von Herrn Dr. Rudolfo Maranta. Ich habe Sie alarmiert. Und Sie, Sie sind also von der Polizei?«, fragte sie Corina, die eine tibetische Halskette mit farbigen Steinen, die von einer Lederschnur gehalten wurden, um den Hals trug. Dann warf Feuerbach der Angestellten einen fragenden Blick zu, die kaum merklich nickend die Augenbrauen hochzog und dann ihren Blick kurz zu Corinas Füßen senkte.

Corina ließ sich nicht beirren. »Richtig. Kantonspolizei Graubünden, Alpinpolizistin Costa.«

Feuerbach nickte, verzog kurz nachdenklich ihre Lippen. »Und sind Sie allein?«

»Ja.«

»Wieso?« Feuerbachs Augen strahlten Dynamik aus.

»Wieso, wieso?« Corina hielt mit ihren warmen Augen Blickkontakt zu der fast einen Kopf größeren Assistentin.

»Es ist doch allgemein bekannt, dass die Polizei immer zu zweit auftritt. Vorschrift, oder irre ich mich? Habe ich zu viele Krimis gelesen?«

»Stimmt«, sagte Corina freundlich und schwieg danach, blickte aber weiter mit ihren rehbraunen Augen in Feuerbachs Gesicht. Diese duftete nach einem herb blumigen Parfüm. Alles an ihr schien perfekt symmetrisch zu sein, dachte Corina, wie die vor lauter Perfektion langweilig wirkende Figur.

»Um konkret zu werden: Wir haben den besten Ermittler herbestellt«, kam Feuerbach aus ihrer Deckung.

»Ging es bei diesem Wunsch darum, unbedingt einen männlichen Ermittler zu bekommen?«

»Nein, nein, wir oder besser gesagt ich dachte, dass der Posten des besten Ermittlers durch einen Mann besetzt ist.«

»Nun, ich bin jetzt hier, wenn auch weiblich und allein.«

»Na dann, bitte schön, folgen Sie mir.« Feuerbachs Stilettos ertönten wieder, während sie ein paar Schritte ging, bevor sie bemerkte, dass Corina stehen geblieben war. »Ist etwas nicht in Ordnung?«

»Diese Dame hier hat mir meine Sandalen weggenommen. Sie muss mir oder Ihnen noch sagen, wo diese nun liegen, wie sonst soll ich sie auf dem Rückweg wieder finden? Es sind gute Sandalen, mit einer fast neuen Sohle.«

Bevor Feuerbach antworten konnte, sagte die Angestellte in schnippischem Ton: »Frau Feuerbach, die schmutzigen Latschen liegen im Entree des Zugangsbereichs des Nebeneinganges. Ich kann Frau Costa danach wieder nach draußen führen. Ich bin mir sicher, dass die Sandalen bis dahin von niemandem gestohlen werden.«

Feuerbach warf ihr einen gebieterischen Blick zu, sodass die Frau ihren Blick sofort senkte. Feuerbach antwortete: »Fein, besten Dank.« Dann zu Corina gerichtet: »Keine Bange, Frau Costa, Sie kommen wieder zu Ihren Sandalen.«

»Gut, denn davon habe ich nur dieses eine Paar, und wie gesagt, ich habe sie erst vor wenigen Wochen neu besohlen lassen.«

»Dann hätten wir das also geklärt. Bitte folgen Sie mir nun.«

Vor einer breiten Tür aus dunklem Nussbaum blieben sie stehen. Mittig über der Tür prangte das Haupt eines ausgestopften Steinbocks. Corina warf einen Blick in die leblosen, traurig wirkenden Glasaugen des Tiers, dachte: Wie kann man so ein wunderbares Geschöpf nur so demütigen, indem man es an die Wand hängt? Stolz und erhaben war es einst zu Lebzeiten bei Wind und Wetter in den Engadiner Bergen zu Hause gewesen. Dann stellte sie sich vor, wie es aussehen würde, wenn diese gestriegelte und geschniegelte Feuerbach dort oben ausgestellt wäre, und Corina selbst als Steinbock hier stehen würde.

Feuerbach unterbrach Corinas Gedanken und drückte einen Knopf neben der Tür. Aus dem Innern war ein leiser Dreiklang zu vernehmen und dann ein Rauschen, wie Meeresbrandung, dann Stille. Eine Kameralinse beäugte alles von oben, während Corina auf die geschlossene Tür blickte, in Erwartung, dass sie geöffnet wurde.

Ein Lichteffekt an der Klingel der Türglocke setzte Feuerbach schließlich in Bewegung. Sie stieß die breite und sichtlich schwere Tür, die aber leicht in ihren Angeln lief, nach innen auf. Der Geruch von feinstem Leder und Zigarrenrauch wehte ihnen entgegen. Corina fühlte unter ihren Füßen angenehm einen Holzboden. Vor sich sah sie die große, sanft gewölbte Fensterfront, die einen glauben ließ, man schwebe direkt über dem St. Moritzersee.

Feuerbach blieb mit Corina bei der Sitzgruppe stehen. Corina blickte auf den großen Schreibtisch aus rotem Mahagoni, der vier Meter vor ihnen in Richtung Fensterfront stand. Der große Chefsessel am Tisch drehte sich lautlos. Dr. Rudolfo Maranta erhob sich und kam auf Corina zu.

»Darf ich vorstellen?«, sagte Feuerbach mit einer Handbewegung, »Dr. Rudolfo Maranta – Corina Costa von der Kriminalpolizei Graubünden.«

Die beiden schüttelten sich die Hand. Marantas Händedruck war hart, Corina spürte den Siegelring und erkannte, dass auch er überrascht schien, eine weibliche Beamtin ohne männliche Begleitung anzutreffen.

Maranta blickte kurz zu Corinas Füßen und fragte: »Barfuß?«

»Meine Sandalen mussten draußen warten«, sagte Corina, deren dichte dunkle Augenbrauen im Leben noch nie eine Pinzette gesehen hatten, im Gegensatz zu Feuerbachs perfekt gezupften.

»Wir haben für unsere Gäste doch sicher auch Hausschuhe«, erwiderte Maranta verwundert.

»Grazcha fich«, bedankte sich Corina, »aber ich gehe zu Hause meist auch nur barfuß. Und dieser Holzboden hier fühlt sich sehr angenehm an.« Sie dachte, dass es wohl leider Tropenholz war.

»Frau Costa ist allein gekommen«, wechselte Feuerbach proaktiv das Thema. »Ich nehme an, man hat aus gutem Grund ausgerechnet Sie hergeschickt, oder Frau Costa?«

Corina nickte und fragte Maranta: »Ist es richtig, dass Ihre Tochter Anastassia verschwunden ist?«

»Das stimmt leider. Aber bitte, so lassen Sie uns doch hier Platz nehmen.« Er zeigte auf die braune Leder-Sitzgruppe.

Corina setzte sich. Es schien ihr, als versinke sie in einem lauwarmen Zopfteig, in so einem luftig weichen, wie sie ihn jeden zweiten Sonntag zubereitete.

»Was gibt Ihnen Grund zur Sorge, dass Sie uns alarmiert haben?«

Maranta schlug die Beine übereinander und lehnte sich zurück, nachdem er sein Jackett aufgeknöpft hatte. »Ich hätte heute morgen einen Termin mit ihr gehabt, doch sie ist nicht erschienen.«

Corina wunderte sich, dass man mit der eigenen Tochter einen Termin ausmachen konnte, und sagte: »Das allein kann aber noch nicht der wahre Grund sein, oder? Termine können vergessen gehen.«

»Da haben Sie wohl recht. Doch nicht ein solcher. Anastassia hatte mir letzten Mittwoch mitgeteilt, dass sie mich dringend unter vier Augen sprechen müsse. Sie tat sehr geheimnisvoll. Es musste sich ergo um etwas Außergewöhnliches handeln.«

»Sie waren zeitlich bis heute verhindert?«

»Ich war in Monaco, wichtige Geschäfte.«

»Um welche Zeit wäre das Treffen von Ihnen beiden denn heute Morgen gewesen und wo?«

»Genau hier, in diesem Raum, und das um Punkt 9 Uhr.«

Corina wollte instinktiv nach dem Sonnenstand blicken, der ihr auf dem Berg immer in etwa verriet, wie spät es war. Maranta kam ihr zuvor: »Jetzt ist es 12:30 Uhr, und sie ist weder aufgetaucht noch hat sie sich gemeldet. Außerdem ist ihr Telefon ausgeschaltet.«

»Als Sie am Mittwoch von ihr hörten, dass sie Ihnen etwas Wichtiges mitteilen wolle, wie hat sie sich da angehört, redete sie schneller als gewöhnlich, gar ängstlich?«

»Ach so, das können Sie natürlich nicht wissen: Sie hat mir nur geschrieben, denn Anastassia kann nicht sprechen.«

»Aha, aber hören kann sie?«

»Ja.«

»Konnte sie nie sprechen?«

»Doch, aber im Alter von 13 Jahren verlor sie ihr Sprechvermögen.«

»Wie ist das passiert?«

Maranta nahm einen langen Atemzug. »Anastassia hat damals Schlimmes durchleiden müssen, so Schlimmes, dass es ihr die Sprache raubte.« Nach einer kurzen Pause, als hätte er sich dazu durchringen müssen, fügte er an: »Ihre Mutter, meine Frau Helena, starb damals unter tragischen Umständen.«

»Das tut mir wirklich sehr leid zu hören«, sagte Corina, deren persönliche Erinnerungen an ihre eigene Mutter sofort geweckt wurden. Sie fragte daher nicht weiter nach, was genau geschehen war, musste sich selber erst ein wenig sortieren.

Doch Maranta fuhr fort, und das ohne Umschweife: »Anastassia kam an jenem verhängnisvollen Freitagnachmittag Ende Mai früher aus der Internatsschule Lyceum Alpinum Zuoz nach Hause und fand ihre Mutter erhängt in ihrem Malatelier vor.«

Corina erschrak, als hätte der Blitz eingeschlagen, glaubte, sich verhört zu haben. Sie selbst hatte als 18-Jährige ihre Mutter erhängt im Naturkeller des Berghofs vorgefunden. Das hatte ihr damals ebenfalls für lange Zeit die Sprache geraubt. Seither lebte sie allein auf dem kleinen Hof mit all ihren Tieren, so wie sie es zuvor zusammen mit ihrer Mutter Everita getan hatte. Wer Corinas Vater war, dieses Geheimnis hatte ihre Mutter mit ins Grab genommen. Egal wie oft Corina zuvor mit ihr darüber gesprochen hatte, sie hatte immer nur geantwortet, dass sie es ihr nicht sagen könne. Dennoch tat dies der tiefen Bindung zwischen Corina und ihrer Mutter keinen Abbruch, und ihr plötzlicher Selbstmord fühlte sich für die Tochter an, als wäre die Sonne von einem Tag zum nächsten nicht mehr aufgegangen. Zudem schien der Zeitpunkt des Selbstmordes so gewählt, als hätte Everita nur noch gewartet, bis Corina 18 und damit volljährig war.

Wieder kamen in Corina all die Emotionen von damals hoch. Jeder Selbstmord hat bekanntlich seinen Grund.

Damals erkannte Corina erst in den Monaten nach dem Tod ihrer Mutter, während der Traumatherapie in Pontresina bei einer warmherzigen grausträhnigen Therapeutin, dass ihre alleinerziehende Mutter an einer schweren Depression gelitten haben musste, aus der sie nur einen Ausweg sah. Vor allem in den letzten Wochen vor ihrem Tod hatte sich Everita verändert, war nachdenklicher gewesen als sonst, aber vor allem schaute sie Corina hin und wieder mit diesem Blick des Bedauerns an, als wüsste sie schon, was ihre Tochter bald durchleiden musste. Und dennoch hätte Corina niemals mit einem Selbstmord gerechnet: Ausgerechnet ihre lebensfrohe Mutter, die sie all die Jahre alleine großgezogen hatte und die aus ihren wilden Hippie-Tagen noch immer den Übernamen Rainbow trug, wurde von der heimtückischen Krankheit heimgesucht.

Corina blieb alleine auf dem Hof zurück, und damit kamen plötzlich diese dunklen Abende und vor allem Nächte. Nie zuvor hatte Corina die Engadiner Nächte als so dunkel erlebt, denn es war eine andere Art von Dunkelheit, die des Nachts über dem Hof lag. Obwohl und weil alles im Haus noch an Mutter erinnerte, blieb Corina auf dem Hof, kämpfte Tag für Tag gegen die Geister der Vergangenheit, lebte weiter auch dank ihrer Therapeutin und der Unterstützung von Brida, der jungen Bäuerin unten im Dorf. So schaffte sie es und schloss die Matura doch noch ab, nicht mit Bestnoten, aber genügend.

Es waren damals überraschend viele Leute aus dem Dorf zu Rainbows Beerdigung in die Begräbniskirche San Gian gekommen, auf den Totenhügel, wie die Einheimischen ihn nannten. Corinas Großmutter kam aber nicht, und Corina hatte keine Ahnung, wo im Unterland sie wohnte, hatte sie außerdem noch nie gesehen. Von ihrem Großvater wusste sie auch nicht viel, nur, dass er früh verstorben war. Sie wusste hingegen, dass ihre Mutter wegen ihres Hippie-Lebens von ihren Eltern abgelehnt worden war, dass diese sie aus dem Haus geworfen hatten. So war Corinas Familienbande über all die Jahre hinweg überschaubar geblieben: Ihre Mutter, die Natur und die Tiere gehörten einzig dazu. So waren es auch die Natur und die Tiere, die Corina nach dem Tod ihrer Mutter schlussendlich halfen, sich wieder auf die Kräfte zu besinnen, welche Mutter so oft in den Bergen mit nordischen Liedern besungen hatte. In der erfüllenden Einsamkeit der Berge hatte sich Corina in den Jahren danach manches Mal gefragt, ob der ihr unbekannte Vater vom Tod ihrer Mutter je erfahren hatte. Sie fragte sich aber auch, ob das, was sie befürchtete, wahr sein konnte; dass sie im Zuge eines Verbrechens gezeugt worden war, dass ihre Mutter damals vergewaltigt worden war und daher ins Engadin geflohen war, auf den einsamen Berghof, um dem Verbrechen zu entfliehen. Sollte es tatsächlich so gewesen sein, wäre es ja kein Wunder, dass sie nie den Namen von Corinas Vaters sagen konnte.

»Alles in Ordnung?«, hörte Corina die Stimme von Rudolfo Maranta durch den dunklen Schleier der Erinnerung.

Sie nickte. »Ja. Denke nach. Muss ja eine sehr schwierige Zeit für Sie und Ihre Tochter gewesen sein.« Fast hätte sie »auch« gesagt.

»Ach, was bin ich auch für ein schlechter Gastgeber.« Maranta reckte sich zu dem kleinen Beistelltisch und drückte einen Knopf. Dem Anschein nach wollte er nicht über solch Persönliches reden.

Eine weitere Angestellte trat unverzüglich ein, als hätte sie draußen bereitgestanden.

»Was möchten Sie gerne trinken?«, fragte sie in einer nicht aufgesetzt wirkenden Freundlichkeit.

»Gerne Milchkaffee, wenn das möglich ist«, antwortete Corina, die sich wieder gefangen hatte und mit ihren Gedanken ganz zu Maranta und seiner vermissten Tochter zurückgekehrt war.

Maranta nahm, kaum war die Bedienstete verschwunden, den Faden von zuvor überraschenderweise wieder auf: »Ja, das war eine schlimme Zeit damals, für meine Tochter, aber auch für mich. Ich habe die besten Psychiater herkommen lassen, doch bis jetzt hat Anastassia ihre Sprache leider nicht wiedergefunden, aber sie kommt mittlerweile damit bestens zurecht.«

Corina erinnerte sich, dass sie nach dem Auffinden ihrer Mutter wochenlang kaum geredet hatte, ohne es zu bemerken. Vielleicht lag es aber auch daran, dass sie so oft allein gewesen war. Auch heute sprach sie eher ungern mit Menschen, sagte nur das Notwendigste, und nur, wenn es sein musste. Was sie hingegen liebte, war die erfüllende Stille in den Bergen, die Nähe zu ihren Tieren, das Aufgehobensein in der Schöpfung von Mutter Erde. Sie sagte zu Maranta: »Und nun sorgen Sie sich, weil sie nichts von ihr hörten. Das verstehe ich gut. Wer hat denn Ihre Tochter zuletzt gesehen und wo und wann?«

»Das wissen wir noch nicht abschließend, weil noch nicht mit allen gesprochen wurde, die sie gesehen haben könnten. Das können Sie ja gleich übernehmen.«

Die Angestellte kam mit dem Bestellten rein, stellte einen Latte macchiato vor Corina, wie diese noch nie einen gesehen hatte; ein Kunstwerk, serviert auf einem silbrigen Tablett, auf dem noch Kekse und Schokoladetäfelchen lagen. Maranta erhielt einen Drink. Feuerbach, die daneben in perfekter Haltung saß, sodass Corina schon vom Hinschauen Rückenschmerzen bekam, nahm ihr Glas Wasser mit einer Scheibe Limette entgegen.

»Verfügt Anastassias Handy über eine Ortungsfunktion?«

»Theoretisch ja.« Maranta überschlug seine Beine. »Aber sie hat das immer abgelehnt, und somit ist diese App nicht aktiv. Hinzu kommt, dass sie ihr Handy ausgeschaltet hat. Das finde ich ebenfalls beunruhigend, denn sie braucht ihr Handy auch, um sich sprachlich mitzuteilen. Sie tippt, was sie fragen oder sagen will, in eine App und die liest es dann vor.«

»Dass sie nicht geortet werden will, kann ich ja gut verstehen«, sagte Corina, »wenngleich in diesem Fall eine Ortung ausnahmsweise hilfreich wäre. Ich frage mich, wo das Handy liegt, ob sie es möglicherweise irgendwo vergessen hat.«

Maranta winkte ab. »Selbst wenn, sie hätte sich in jedem Fall irgendwie bei mir gemeldet.« Maranta stellte seinen Drink auf den kleinen Beistelltisch zu seiner Rechten. »Etwas sollten Sie auch noch wissen. Meine Tochter hat alles, was GPS-Tracking möglich macht, schon immer abgelehnt. Sie ist mit ihrem roten Audi Cabriolet unterwegs, und von dem fehlt auch jede Spur, und das ließ sich bisher immer problemlos orten, aufgrund des eingebauten GPS-Trackers, der mittlerweile ja in vielen Wagen steckt. Doch nun scheint dieser schon seit ein paar Tagen inaktiv zu sein. Hingegen steht ihr Allrad BMW, den sie im Winter fährt, in der Tiefgarage. Dessen Ortungssystem funktioniert tadellos.«

»Ich muss mit meiner Fragerei besser ganz vorne anfangen. Ihre Tochter wohnt, wenn ich Sie richtig verstanden habe, in einem Nebengebäude, in einer Art Penthouse?«, fragte Corina und nahm beinahe ehrfürchtig einen Schluck von ihrem Kaffee, als wolle sie das Kunstwerk nicht zerstören. Dann steckte sie sich eines der Schokoladentäfelchen in den Mund, denn sie liebte Schokolade.

Maranta antwortete, nachdem er sich seinerseits nochmals einen Schluck genehmigt hatte. »Ja, aber nicht nur. Anastassia studierte an der ZHdK, der Zürcher Hochschule der Künste, und hat vor Kurzem mit Glanznoten abgeschlossen. Sie bewohnt daher auch eine Maisonettewohnung am Zürichsee, die ich ihr gekauft habe. Doch wenn sie hier ist, wie diesen Sommer, dann wohnt sie, wie erwähnt, nebenan, hat da ihren ganz eigenen Bereich. Frau Feuerbach kann Ihnen die Wohnung nachher zeigen. Vielleicht finden Sie ja Hinweise, die uns weiterbringen.« Er griff nach einer kleinen Holzkiste und nahm eine Zigarre raus, roch kurz daran und blickte zu Corina. »Darf ich?«, fragte er in einem Ton, der ein Ja als Antwort erwartete.

»Nein danke.«

Erstaunt hob er seine Augenbrauen und steckte die Zigarre in eine Innentasche seines Jacketts, an dessen Revers das goldene Sonnenemblem von St. Moritz als Pin angesteckt war.

Corina nahm wieder einen Schluck von ihrem Kaffee, nicht ohne ihn zuvor nochmals zu bewundern. »Es ist ja Montag, und wie ich verstanden habe, ist Ihre Tochter im Moment nirgends eingespannt, hat vor Kurzem erst ein langes Studium abgeschlossen. Kann es daher nicht sein, dass sie bei Freunden übernachtet hat, zuvor gefeiert bis zum Morgengrauen, Handyakku leer, und nun schläft sie irgendwo aus, und ihr Wagen steht in einer Tiefgarage ohne Empfang?«

»Theoretisch ja. Denn für die Jungen hier oben gibt's ja im Sommer kaum Ausgehmöglichkeiten oder Anlässe, außer vielleicht das Jazzfestival. Und das Casino, das wir in St. Moritz haben, dafür schäme ich mich in Grund und Boden. Da müssen die Jungen halt ausweichen auf diese wilden Privatfeiern, die meist irgendwo draußen stattfinden. Dennoch muss ich Ihre Frage klar mit Nein beantworten, Frau Costa, denn auch dann wäre Anastassia längst wieder auf den Beinen und hätte sich bei mir gemeldet. Sie braucht wie ich nur wenig Schlaf, außerdem trinkt sie nie zu viel und nimmt auch keine Drogen, nur damit das auch gleich geklärt ist.«

»Ist notiert. Ich muss Sie nun leider noch fragen, ob Ihre Tochter Feinde hat? Gab's oder gibt's Konflikte?«

»Nein, auch das nicht. Sie lebt zwar ihr eigenes Leben, macht voll ihr eigenes Ding, aber steht dabei niemandem vor der Sonne.«

»Haben Sie ein Foto von ihr?«

»Natürlich«, sagte er, und Feuerbach stand auf und holte ungefragt sein Mobiltelefon vom Schreibtisch und eine kleine Fernbedienung. Ein großer Monitor glitt surrend aus der Decke direkt an der linken Seitenwand des Büros, während Maranta nach ein paar Streichbewegungen und Klicks auf seinem Handy zum Monitor hochblickte, auf dem nun ein Foto von Anastassia erschien.

»Das ist sie«, sagte er sichtlich stolz und fast ein wenig wehmütig.

Corina ließ das Bild auf sich wirken: Die junge Frau hatte charismatische, strahlende Augen, ein leuchtendes Blau, wie es nur wenige Bergseen in sich bargen. Anastassia stand vor einem herbstlich gelb leuchtenden Lärchenwald, darüber erhob sich ein gezuckerter Berggipfel in das Tiefblau des Himmels. Ihr Haar war pechschwarz und asymmetrisch geschnitten, ihr Gesicht ebenmäßig, die Lippen weich, aber dennoch bestimmt. Sie strahlte eine Unnahbarkeit aus, gemischt mit Einsamkeit und Lebenswillen. Corina hatte in ihrem Anblick den Verlust der Mutter gesucht und gefunden.

»Wir hatten immer ein außerordentlich gutes Verhältnis«, durchbrach Maranta das Schweigen.

»Hatten?«

Maranta blickte sie an, als müsse er erst verstehen, was sie gefragt hatte. Corina hielt seinem Blick stand, dachte dabei, dass seine Augen plötzlich, wenn auch nur für einen Moment, Kälte ausstrahlten. Dann antwortete er: »Hatten, weil sie ja verschwunden ist.« Er ließ sich nicht dazu hinreißen, seinen Ton zu ändern. Corina dachte, dass der Mann bestimmt in vielen Unterredungen schon längst gelernt hatte, Linie zu wahren, Gefühle zu verbergen, sonst trüge er nicht den Ruf, den er hatte.

Corina nickte. »Wann wurde sie zuletzt gesehen und von wem und wo?« Sie wusste, sie hatte dies schon mal gefragt.

»Zuletzt hat Frau Feuerbach sie gesehen, am Samstag, am frühen Nachmittag.« Er blickte zu der Angesprochenen, Corina tat dies ebenso, als Zeichen, dass sie eine Antwort nun von ihr erwartete.

»Frau Costa, wie Dr. Maranta bereits sagte, Anastassia bewohnt hier ihren eigenen Bereich, was aber auch bedeutet, dass man sich nicht immer über den Weg läuft. Ich habe sie am Samstagnachmittag um kurz nach 14 Uhr vor dem Zugang zur Tiefgarage gesehen, als sie vom Joggen kam. Aber ob ich sie als Letzte gesehen habe …«, sie schüttelte langsam den Kopf, »das weiß ich nicht.«

»Und? Wie empfanden Sie die Begegnung?«

»Ich kann ihre Gebärdensprache perfekt verstehen. Sie teilte mir mit, dass sie dem Seeufer entlanggelaufen sei.« Sie wirkte vollkommen gelöst, wie eigentlich immer nach dem Laufen. »Danach verschwand sie im Lift, der direkt in ihr Penthouse führt, wie Sie gleich selbst sehen werden. Diese Begegnung wurde übrigens bestimmt auch von einer der Überwachungskameras aufgezeichnet, genauso wie der Moment, als Anastassia zuletzt das Gebäude, die Tiefgarage in ihrem Wagen verlassen hat. Diese Aufnahmen habe ich heute Morgen deshalb durchgeschaut, und da hat sich Folgendes ergeben: Anastassia hat Chantarella zuletzt am Samstagabend um 23:17 Uhr verlassen. Dies über die Tiefgarage in dem erwähnten roten Audi. Seither fehlt von ihr und dem Wagen jede Spur.«

»23:17 Uhr Samstagabend«, wiederholte Corina. »Saß sie alleine im Wagen?«

»Wir stellen Ihnen nachher gerne sämtliche Daten der Überwachungskameras zur Verfügung. Die Aufnahmen abrufen kann ich zwar, verwaltet wird das System hingegen von einer Security Firma in Zürich. Dort liegen auch die Daten. Diese wird Ihnen einen Zugangscode senden. Nun zu Ihrer Frage: Ja, sie saß alleine im Wagen, und das war gut zu erkennen, weil wir eine exzellent beleuchtete Ein- und Ausfahrt haben.«

»Vielleicht ist sie noch ausgegangen?«, warf Corina fragend auf.

Maranta antwortete: »Theoretisch ja, denn diese Partys dauern manchmal, bis es hell wird. Sie war zwar die Nacht davor schon aus, wie mir Frau Feuerbach mitteilte, möglich, dass es sie Samstagnacht nochmals auf eine Feier gezogen hat.«

Corina dachte nach. Das tat sie unbeirrt auch dann, wenn Leute sie dabei anstarrten, wie in diesem Moment.

»Frau Costa?«, unterbrach sie Maranta, der darüber irritiert schien.

»Moment bitte.« Corina hob nur leicht ihre rechte Hand und ließ sich nicht stören, ehe sie nach einer langen Minute sagte: »Nun höre ich.«

Maranta setzte sich etwas aufrechter hin. Er strahlte eine

gewisse Seniorität aus. »Sie mögen vielleicht denken, dass ich mir was zusammenphantasiere und unnötigerweise gleich die Kavallerie hole. Doch ich befürchte, meiner Tochter ist ein Unglück widerfahren, in welcher Form auch immer.« Seine Augen suchten die von Corina, ehe er mit einem bittenden Ton anfügte: »Gehen Sie daher mit allem Nachdruck und Personalressourcen vor. Bringen Sie mir meine Tochter wieder, und es soll Ihr Schaden nicht sein.«

Corina, die ebenfalls Augenkontakt mit ihm hielt, entgegnete: »Für mich mehr als nur verständlich, dass Sie sich sorgen. Ich werde ab sofort alle Hebel in Bewegung setzen, um Ihre Tochter zu finden, denn es ist meine Pflicht. Das heißt aber auch, dass ich Schritt für Schritt vorangehen muss und die nötige Unterstützung Ihrerseits benötige. Und deshalb kurz zu meiner Person: Auch barfuß kommt man weit. Sie verstehen?«

Er schien nicht überzeugt, das fühlte Corina. Bestimmt hatte er eine Horde Sonnenbrille tragender Agenten erwartet, alle mit Knopf im Ohr und angeheizt wie Söldner, die kurz vor einem brandgefährlichen Einsatz stehen. Corina steckte sich nochmals ein Täfelchen Schokolade in den Mund, kaute in aller Ruhe, dann fuhr sie fort:

»Am besten ist es daher, wenn ich mir als Erstes die Wohnung Ihrer Tochter in Ruhe anschauen kann, später dann die Videoaufnahmen der Überwachsungskameras.«

»In Ordnung. Frau Feuerbach wird Sie dahin führen.« Maranta griff in sein Jackett und zog ein silbriges Visitenkartenetui hervor. »Hier, meine persönliche Telefonnummer. Sie können mich Tag und Nacht erreichen.«

»Gut. Dann veranlassen Sie bitte, dass mir die Aufnahmen aller Überwachungskameras auf Ihrem Anwesen übermittelt werden, und das von den letzten sieben Tagen. Hier ist meine Karte.« Sie fand eine in der linken

Gesäßtasche. Sie musste sie zuerst ein wenig zurechtstreichen, bevor sie sie ihm überreichte. Maranta blickte die zerknautsche Karte so an, als hätte sie ihm einen stinkenden Fisch gegeben, dann, sein Blick verriet, dass er es noch immer nicht fassen konnte, starrte er wie gebannt auf Corinas nackte Füße.

Corina folgte Lorena Feuerbach zum Haupteingang, zur Einfahrt in die große Tiefgarage. Der Asphalt fühlte sich angenehm warm unter ihren Füßen an. Marantas Assistentin blieb vor dem großen geschlossenen Tor stehen.

»Hier habe ich Anastassia zuletzt gesehen, und dort ist der Lift. Diese beiden Kameras«, sie zeigte nach links und rechts, »die Nr. 12 und die Nr. 13, haben die besagten letzten Bilder von Anastassia aufgenommen.« Dann deutete sie mit einer Handbewegung an, dass sie nun den Lift benützen wollte. »Bitte schön, nach Ihnen.«

Der Lift, er war nur mittels Fingerprint oder PIN-Code zu bedienen, führte in das vierte Stockwerk des in den leicht ansteigenden Hang gebauten Nebengebäudes. Sie tauchten daher direkt in dem großflächigen Wohnraum auf, die Glastür schob sich beinahe geräuschlos zur Seite.

Corina machte zwei Schritte aus dem Aufzug, blieb stehen und blickte sich um. Sie hatte zuvor noch überlegt, gleich einen Kriminaltechniker anzufordern, doch erst wollte sie sich selbst ein Bild machen und danach entscheiden, was zu tun war. Der Fußboden, obwohl er aus hellem, glattem Stein bestand, war überraschend warm unter ihren Füßen, im Gegensatz zum Boden im Lift, der war aus kaltem rauen Stein gewesen.

Das große offene Wohnzimmer sowie die Küche waren sehr modern, hell und mit passenden Farbakzenten eingerichtet. Die weiße Leder-Sitzgruppe, die mittig im

Raum platziert war, sah sehr bequem aus. Die übergroße Fensterfassade gab den Blick auf eine Terrasse frei, die wie ein breites U das Penthouse umzog. Die anderen Räume waren nicht einzusehen, der mit rohem Beton und Glas gebaute Flur, in den Corina blickte, führte dahin.

»Bitte, sehen Sie sich ruhig um«, sagte Feuerbach.

Wie sich bei einem kurzen Rundgang zeigte, verfügte das Penthouse über sieben Zimmer, darunter drei Schlafräume, zwei Badezimmer und einen Raum für Fitness mit einer Leinwand darin. Letzterer war einer der Räume, die nach hinten raus zeigten.

»Sie hat also Kunst studiert«, sagte Corina vor sich hin und blieb vor einem Bild stehen, von dem sie nicht gewusst hätte, wie es aufzuhängen war. »Die Wohnung trägt also unübersehbar ihre Spuren, oder hat eine Innenarchitektin hier Hand angelegt?«

»Dies ist alles das Werk von Anastassia. Sie ist eine junge Frau mit Stil, Kunstverständnis und noch mehr Ausstrahlungskraft. Die Wohnung trägt sozusagen ihre Handschrift.«

»Und sie ist sehr sauber. Kommt die Reinigung täglich, oder wie muss ich mir das Wohnen einer Frau wie Anastassia Maranta vorstellen?«

»Gereinigt wird die Wohnung immer nur dann, wenn Frau Maranta dies anfordert, und das ausschließlich in der Zeit, in der sie abwesend ist. Genauso läuft es auch mit der Wäsche. Wir haben in den Kellergeschossen die nötige Infrastruktur und das Personal dazu.«

Corina zog blaue Gummihandschuhe über und begann die Räume strukturiert unter die Lupe zu nehmen. Sie zog Schubladen auf, blickte in den Kühlschrank, suchte an der Pinnwand nach Notizen. Doch vor allem suchte sie nach dem Handy und dem Laptop, doch beides war nicht zu finden.

Das luxuriöse Penthouse fühlte sich für die Bergbäuerin und Alpinpolizistin kalt an, auch wegen der vielen modernen Kunst. Vielleicht aber auch, weil die massiven Scheiben der großen Fenster nichts außer Licht von draußen reinließen, und selbst das nur gedämpft, wie ihr schien.

Corina stellte sich am Ende ihrer erfolglosen Durchsuchung an die breite Glasfront, die sich über die gesamte Breite der Wohnung erstreckte und blickte hinunter auf die Häuser und Hotels von St. Moritz, die Berge und den See. Feuerbach drückte einen Schalter, worauf sich die Scheibe, die bis zum Boden reichte, vor Corinas Nase langsam zur Seite schob.

Erst als die Ermittlerin auf die Terrasse trat, in die Wärme des Sommertages, wurde ihr bewusst, wie klimatisiert die gesamten Gebäude der Villa waren. Sie machte einige Schritte auf der Terrasse, die bestückt war mit Möbeln zum Relaxen und einem Esstisch aus Holz.

»Wie lange arbeiten Sie schon für die Marantas?«, fragte Corina beiläufig und nahm ihren Blick dabei nicht von den Bergen.

»Puh, das werden bald 12 Jahre sein.«

»Eine lange Zeit für eine noch so junge Frau, wie Sie es sind.«

»Sie wissen doch gar nicht, wie alt ich bin.«

»Aber dass Sie nicht alt sind, das weiß ich, oder fühlen Sie sich alt?«

Feuerbach sagte nichts.

»Eben. Ich auch nicht, und ich bin 40. Und warum arbeiten Sie für die Marantas, und das schon so lange?«

»Soll das ein Verhör werden?«

»Fühlen Sie sich denn verhört?«

»Nein.«

»Eben.« Corina ließ das Panorama auf sich wirken. Egal wie viele Stunden sie schon in der freien Natur im Engadin zugebracht hatte, sie war jedes Mal aufs Neue begeistert. Kunst mochte viele faszinieren, doch nur die Natur war lebendig, fand sie.

»Herr Dr. Maranta hat mir damals einen sehr guten Job angeboten als Privatsekretärin, und nur ein Jahr später als Nanny für die pubertierende Tochter, dies nachdem seine Frau so tragisch ums Leben gekommen war. Eigentlich schon erstaunlich, ich war damals erst 24 Jahre alt und bin noch immer hier.«

»Und, haben Sie nebst einem Draht zu Herrn Maranta auch einen zu Anastassia gefunden?«

»Warum sonst, glauben Sie, hätte ich mir die Mühe gemacht, die Gebärdensprache zu lernen?«

»Eine wirklich schöne Geste. Sagen Sie, Frau Feuerbach, haben Sie eine Ahnung, aus welchem Grund Anastassia verschwunden sein könnte? Wenn ich Herrn Maranta …«

»Dr. Maranta«, korrigierte sie Feuerbach. »Das ist ihm wichtig, steht auch auf jedem Geschäftspapier und den Visitenkarten, sogar auf seinem Spind im Tennisklub.«

»Also dann versuchen wir es nochmals: Wenn ich Herrn Dr. Maranta …«, Corina schwieg abrupt, als wäre sie in eine Art Trance gefallen, ehe sie zur irritiert dreinblickenden Feuerbach sagte: »Von was eigentlich ist er ein Doktor? Er ist doch kein Arzt oder so was?«

»Nein, das ist er nicht. Er trägt einen Ehrendoktortitel.«

»Ach so ist das«, sagte sie gedehnt. »Jetzt verstehe ich, er hat sich einen gekauft.«

»Ich bitte Sie«, tat Feuerbach entrüstet, »nein, er hat ihn von der Universität Zürich erhalten für seine Verdienste in dieser altehrwürdigen Institution.«

»Wissen Sie, Frau Feuerbach, auch wenn man Scheiße noch so schön umschreibt, bleibt es Scheiße.«

»Ihre Wortwahl missfällt mir.«

»Sie können gar hochgestochen reden. Aber was war denn konkret sein Verdienst, für den er diesen Doktortitel erhalten hat, wenn nicht als Gönner?«

»Frau Costa, bleiben wir doch bitte beim Thema. Es geht hier um das Verschwinden von Anastassia Maranta. Sie haben mich gefragt, ob ich einen Grund wisse, weshalb sie verschwunden ist. Und hier ist meine Antwort dazu: Ich weiß es wirklich nicht. Aber eines ist sicher: Ihr muss etwas zugestoßen sein, denn sie hätte nie und nimmer ihren Vater warten lassen, ohne sich bei ihm zu melden. Das weiß ich so gut wie er selbst.« Und nach einem nachdenklichen Atemzug fügte sie hinzu: »Möglicherweise ist sie in der Nacht auf Sonntag mit ihrem Wagen verunfallt? Hier in den Bergen kann auf diese Art leider schnell jemand verschwinden, ohne so einfach gefunden zu werden. Aber was mich nun auch irritiert ist: Warum fragen Sie mich das erst jetzt und nicht im Gespräch von zuvor, im Beisein von Dr. Maranta?«

»Na ja, Anastassia könnte sich Ihnen persönlich anvertraut haben, so von Frau zu Frau, von guter Freundin zu guter Freundin. Immerhin waren Sie damals, als sie ein Mädchen war und in einer äußerst schwierigen Lebenssituation steckte, für sie da, haben sogar gelernt, sich in der Gebärdensprache mit ihr zu unterhalten. All das schafft ein anderes Vertrauen, als man es vielleicht zu einem Vater hat, was nicht heißt, dass sie es mit ihm nicht gutgehabt hätte. Aber ich weiß ja nicht, in welchem Vertrauensverhältnis Herr Dr. Maranta wirklich zu seiner Tochter steht. Gemäß ihm ja in einem sehr guten.«

»So ist es auch. Die beiden stehen sich sehr nahe. Sie ist

sein ganzer Stolz. Und was meine Bindung zu ihr betrifft; als Anastassia nach Zürich ging, da haben sie und ich uns manchmal wochenlang weder gesehen noch ausgetauscht. Telefonieren ging ja nicht und immer zu schreiben … na ja, Sie wissen ja, wie das Leben, der Alltag so ist. Außerdem bin ich oft mit Herrn Dr. Maranta unterwegs, auf Geschäftsreise.«

»Liebschaften? Ich meine von Anastassia.«

»Nein. Da war sie sehr eigen. Entweder konnte sie es sehr gut für sich behalten, oder sie wartete tatsächlich noch auf den Richtigen oder die Richtige.«

»So? Richtige?«

»Sie ist beiden Geschlechtern zugetan.«

»Irgendjemand, der auffälliges Interesse an ihr gezeigt hätte?«

Nun brach Feuerbach in Lachen aus, sagte: »Anastassia zieht Menschen magisch an, egal, in welchen Kreisen sie sich bewegt. Und wer sie einmal gesehen hat, der weiß auch sogleich, warum das so ist.«

»Das kann ich mir gut vorstellen, ich habe ja nun ein Foto gesehen. Aber dennoch: Aus der Masse von Begeisterten sticht immer jemand heraus, egal, um was oder wen sich die Masse dreht. Sie verstehen? So sind Menschen nun mal.«

»Da haben Sie natürlich wahrlich recht.« Sie schien einen Moment zu überlegen, wählte ihre Worte danach mit Bedacht. »Der Sohn von Dr. Marantas Anwältin, von Selina Causevic, kommt mir da in den Sinn. Er heißt Marlon. Seit jeher scheint er mehr als nur gebannt zu sein von Anastassia.«

»Woher glauben Sie das zu wissen?«

»Na ja, hin und wieder gab es Geschäftsessen oder private Anlässe, da waren Mutter und Sohn Causevic immer eingeladen. Die Verbindung von Dr. Maranta und Selina

Causevic ist sehr eng und natürlich rein geschäftlich. Bei solchen Anlässen habe ich Marlon mehrmals beobachtet, mit welchem Flackern in den Augen, einem wirklich unschönen Flackern, er Anastassia anstierte.« Sie hob ihren rechten Zeigefinger. »Aber diesen Tipp haben Sie nicht von mir, denn ich will es mir mit Selina nicht verderben. Aber ich sage es Ihnen Anastassia zuliebe. Außerdem hat mir Anastassia mal erzählt, dass er ihr gegenüber eklig aufdringlich gewesen sei, sie ihn mehrmals habe zurechtweisen müssen.«

»Einverstanden, bleibt unter uns.«

»Ach, und wegen des Fotos von Anastassia. Ich gebe Ihnen noch ein gedrucktes mit, bevor wir das Gebäude verlassen. In meinem Büro habe ich bereits eines bereitgelegt. Ich stelle mir vor, dass Sie es möglicherweise bei Ihren weiteren Ermittlungen brauchen?«

»Gut möglich.«

»Also, Frau Costa, was gedenken Sie noch zu tun, außer mir ein Loch in den Bauch zu fragen?« Feuerbach schien wie Maranta nicht von Corinas Kompetenz überzeugt zu sein, aber immerhin gab sie ihr Informationen weiter, wenn auch möglicherweise nicht alle.

»Wir starten unverzüglich mit der Fahndung nach dem Wagen und natürlich in erster Linie nach ihr selbst. Parallel werde ich versuchen, weitere Hintergründe zu ihrem Verschwinden zu ermitteln, dazu bräuchte ich auch noch Namen und Adressen von Freunden von ihr, oder von anderen Bezugspersonen, die ihr wichtig sind. Und dazu habe ich noch eine weitere Frage: Wie stand's um die sozialen Medien; Facebook, Instagram und Co.?«

Feuerbach schüttelte den Kopf. »Auch wenn man es kaum glauben mag, Anastassia hat sich von all dem ferngehalten.«

»Schlechte Erfahrungen gemacht?«

»Nicht dass ich wüsste. Sie fand, es sei die Prostitution der Privatsphäre schlechthin, eine Plattform für Narzissten, die um jeden Preis gesehen werden wollen, obwohl sie wissen, dass sie damit der Scheinheiligkeit frönen.«

»Das hat sie gesagt?« Corina hob die Augenbrauen.

Feuerbach nickte. »Sogar der Wortlaut schwingt noch immer in meinen Ohren. Also, wenn Sie sich genug umgesehen haben und hier und jetzt keine weiteren Fragen mehr an mich haben, gehen wir hinunter in mein Büro, und ich gebe Ihnen das Foto sowie die entsprechenden Adressen und Kontakte von Anastassias nächstem außerfamiliären Umfeld.«

»Meine Sandalen …«

»Ja, ich bringe Sie selbstredend danach auch dorthin.«

Nachdem Feuerbach Corina zum Lieferanteneingang gebracht hatte, blickte sie zu den drei Parkplätzen, die allesamt leer waren. Als Corina auf ihr Fahrrad stieg, schien Feuerbach einmal mehr irritiert.

»Ernsthaft? Sie sind mit dem Fahrrad gekommen?«

»Zu Fuß wäre es mir zu weit gewesen. Ich fahre meistens nur mit diesem Garutsch herum. Halt ohne Blaulicht und Sirene, dafür ist es mit schönen Blumen bemalt.«

»Aber, ähm, aber …« Die sonst wortgewandte Feuerbach wusste nicht, was sie sagte sollte, dafür fragte Corina:

»Wäre ich denn ein anderer Mensch, säße ich am Steuer eines teuren Polizeiwagens und trüge die aus ihrer Sicht richtigen Schuhe?«

Feuerbach sagte nichts.

»Sehen Sie, darum arbeite ich bei der Polizei und nicht Sie, denn wir müssen das Dahinter erkennen, und das geht nur, wenn uns das Davor nicht vereinnahmt – wenn wir uns nicht blenden lassen.«

Corina verabschiedete sich und fuhr an diesem für Engadiner Verhältnisse heißen Julitag die Straße hinunter ins Dorf.

4

Corinas Ziel war die Via Quadrellas, wo die Gemeindepolizei von St. Moritz ihren Posten hatte. Der Fall lag zwar in der Verantwortung der Kantonspolizei Graubünden, dennoch kannten die Beamten der Gemeindepolizei Dorf und Leute quasi aus erster Hand, auch die diversen Verbandelungen, die es in allen Talschaften gab. Man kannte sich, und so war Corinas Auftauchen für keinen der Beamten ein Problem.

Die Marantas waren selbstredend allen ein Begriff, sie waren die Reichen unter den Reichen von St. Moritz. Der Einfluss und die Beziehungen von Dr. Rudolfo Maranta reichten weit über die örtliche Lokalpolitik hinaus, bis in Regierungsratskreise nach Chur, wohl sogar bis nach Bundesbern, obwohl Maranta selber politisch nicht aktiv war, noch nie gewesen war. Es war allseits bekannt, dass sich der diskrete, von der Bergsonne stets gut gebräunte Geschäftsmann Dr. Maranta als Steuermann sah auf einem Schiff, das durch den elitären Ozean des Reichtums steuerte und bis zum heutigen Tag jeden Sturm umschifft hatte.

Corina sprach gegenüber den zwei anwesenden Beamten Anastassia Marantas Verschwinden an, fragte, ob sie im Vorfeld etwas vernommen hätten, das nun verdächtig erscheint.

Doch sie erfuhr nichts Neues. Dennoch schilderte sie ihnen den Sachverhalt im Detail, damit sich die Gemeindepolizei ebenfalls aktiv auf die Suche nach dem Wagen und der Verschwundenen machen konnte, zumindest auf Gemeindegebiet. Außerdem pflegten die Beamten, die ausnahmslos alle in St. Moritz wohnten, beste Beziehungen zu den Einheimischen, und geredet wurde ja bekanntlich überall dort, wo Menschen sprechen können.

Während Corina nur eine Viertelstunde später auf ihrem Rad St. Moritz verließ, dachte sie nach. Es war seltsam: Als sie in Marantas Arbeitszimmer das Bild von Anastassia gesehen hatte, löste dieser Anblick etwas in ihr aus. Sie konnte sich beim Anblick dieser jungen Frau deshalb sehr gut vorstellen, dass diese charismatische Engadinerin andere Menschen regelrecht in ihren Bann ziehen konnte. Corina fühlte aber noch etwas anderes ab diesem Moment: Sie fühlte Gefahr, große Gefahr über allem schweben, und das verwirrte sie. So etwas war ihr bisher fremd gewesen. Natürlich fühlte sie sich in allen bisherigen Fällen mit den Opfern und den Hinterbliebenen irgendwie verbunden, dennoch hatte sie bis anhin immer die notwendige Distanz wahren können, um möglichst unbelastet ermitteln zu können. Doch Anastassias Augen gingen ihr nicht mehr aus dem Sinn. Wahrscheinlich weil sie beide dasselbe Schicksal hatten durchleiden müssen. Sie hatten beide erst die Mutter und darauf die Sprache verloren, wenngleich Corina letztere wiedergefunden hatte. Corina fühlte, obwohl sie im hellsten Sommersonnenschein am glitzernden St. Moritzersee entlangfuhr, den Schleier des Unfassbaren wie Nebel, der dunkel über der Wahrheit lag, die sie ans Licht bringen musste.

Die ungewöhnlichen 30 Grad an diesem Tag im Engadin hatten auch ihr Gutes, denn der Fahrtwind fühlte sich weich und angenehm an, als Corina weiter Richtung Samedan radelte, das sie 20 Minuten später, um kurz vor 13:40 Uhr, erreichte.

Dennoch brachte sie die Hitze auch ins Schwitzen, als sie vor dem Zugang zu den Räumlichkeiten der Kantonspolizei Samedan vom Velo stieg.

Sie musste mit Urs Capeder reden, dem neuen Chef, der erst vor einem halben Jahr seinen Posten hier oben angetreten hatte. Capeder war ein besonnener Mann, der genau so auch aussah. Nichts an seinem Aussehen stach hervor, weder seine Statur noch sein Gesicht. Er war ein Pragmatiker durch und durch, und Corina pflegte ein gutes Auskommen mit ihm.

»Corina«, sie waren allesamt und unabhängig vom Dienstgrad miteinander per Du, »in Anbetracht dessen, dass keine handfesten Hinweise vorliegen, die tatsächlich auf ein Verbrechen oder einen Unfall schließen lassen, kein verlassenes Auto, das irgendwo im Nirgendwo aufgefunden worden wäre, und da es sich bei der Vermissten um eine volljährige Person handelt, die auch noch in Zürich einen weiteren Wohnsitz hat, schicken wir als Erstes nur eine Streife los, die hier die Gegend abfährt und nach dem Wagen Ausschau halten soll. Jetzt schon einen Heli aufzubieten … nein, die Kosten, wie sollte ich die rechtfertigten?« Dann mutmaßte Capeder: »Vielleicht will die junge Maranta ja auch einfach nur mal ihre Ruhe. Doch in dieser verrückten digitalen Welt wird ja schon Alarm geschlagen, wenn man eine SMS nicht innert zwei Stunden beantwortet.« Corina nickte, und er fuhr fort: »Traurig, gell Corina?« Doch dann lächelte er. »Aber bei dir ist das ja nicht so. Bei dir sind wir schon dankbar, wenn du das Diensthandy einmal die Woche eingeschaltet hast, und erschrecken, wenn du gleich beim ersten Anrufversuch tatsächlich abhebst.« Er zwinkerte ihr zu.

Corina lächelte. Das schätzte sie an ihm. Er war nicht so ein verbissener Hund. Er wusste, sie leistete gute Arbeit, zwar immer auf ihre eigene Weise, aber stets im Rahmen des Gesetzgebers, und das genügte ihm. Außerdem war er einer, der ihr den Rücken stärkte, wenn es drauf ankam.

»Urs, wegen ihrer Wohnung in Zürich, da könnte doch jemand vorbeischauen? Vielleicht wollte sie tatsächlich einfach ihre Ruhe haben, und das Engadin wäre dann ja weit, weit weg.«

»Corina, das stimmt, aber das muss niemand von uns machen. Obwohl wir uns ja erst ein paar Monate kennen, weiß ich doch mittlerweile, dass du große Städte wann immer möglich meidest. Wir müssen es auch nicht übertreiben, nur weil der Fall die Familie Maranta betrifft. Sollen doch die Zürcher Kollegen kurz vorbeischauen, einverstanden?«

»Das ist gut. Und ich würde genauso auch in jedem anderen Fall vorgehen, auch wenn Herr Bünzli vermisst würde. Wer weiß, vielleicht ist ihr ja in der Wohnung was zugestoßen. Wäre nicht das erste Mal, dass jemand nach einem Unfall im eigenen Haushalt verletzt auf Hilfe hofft. Es wäre gut, wenn die Zürcher Kollegen daher rasch nachschauen, ob das rote Audi Cabriolet an der entsprechenden Adresse geparkt ist.« Sie zuckte mit den Schultern. »Was vergeben wir uns dabei? Und etwas müssen und wollen wir ja schon tun.«

Capeder, der hinter seinem Schreibtisch saß, lehnte sich in dem zu wuchtigen Sessel, den er von seinem Vorgänger übernommen hatte, zurück. Er nickte und nahm den Telefonhörer in die Hand, nachdem er das Kennzeichen und den Wagentyp von Corina diktiert bekommen hatte.

Corina blickte Urs an. »Da ist doch noch was, oder?«, sagte sie.

»Dir kann man ja auch nichts verheimlichen.« Der Mittfünfziger lächelte anerkennend. »Die Anwältin der Marantas hat vorhin angerufen, eine Frau Dr. Selina Causevic, eine wirklich unangenehme Person, die bestimmt auf jedem Parkett tanzen kann.«

»Aha. Wollen mich die Marantas wegen Nacktheit im Einsatz verklagen?«

Erst verstand Urs nicht, dann brach er in warmes und heiteres Gelächter aus. »Du meinst, weil du barfuß in der Villa warst?«

Sein Lachen war ansteckend, Corina fiel mit ein und sagte: »Du hättest deren Blicke sehen sollen, als hätten die noch nie Füße gesehen.« Das Lachen ebbte langsam ab, sie wischte sich eine Träne aus dem Gesicht. »Weißt du, Urs, meine Sandalen waren voller Erde von meinem Hof …«

»Alles gut. Aber diesem Maranta missfällt grundsätzlich, dass du den Fall übernommen hast. Causevic hat Klartext gesprochen. Da Maranta den besten Ermittler angefordert hatte, rechnete er fest mit einem Mann.«

»Dass Dr.«, sie betonte den Titel etwas spöttisch, »Maranta mir den Fall nicht zutraut, habe ich längst bemerkt. Hat aber mit seiner in diesem Fall offensichtlich schlechten Menschenkenntnis zu tun.«

»Causevic verlangt, dass wir den Fall der Kripoleitung in Chur übergeben, denn es ginge ja schließlich um nichts Geringeres als um Marantas Tochter.«

»Dass er sich für seine Tochter einsetzt, ist ja durchaus lobenswert, ein Vater halt.« Corina, die ohne Vater aufgewachsen war, nicht mal wusste, wer ihr Vater war, weil ihre Mutter ihr seinen Namen bis zuletzt verschwiegen hatte, konnte nur erahnen, was eine Vaterfigur wirklich bedeutete. Dennoch konnte sie etwas zu Marantas Anweisung sagen. »Weiß der gute Dr. Maranta denn nicht, dass die Leitung der Kripo zwei Frauen innehaben, Giulia de Medici und Nadia Caminada?«

»Das habe ich dieser Causevic auch gesagt, und sie hat erwidert, dass ihr Mandant jemanden brauche, der das Ganze professioneller angehe ...«

»... und dabei Schuhe trägt und nicht mit dem Velo kommt«, vervollständigte Corina den Satz.

»In etwa so.«

Da Corina schwieg und Urs erahnen konnte, was ihr Blick fragte, sagte er: »Ich habe logischerweise abgelehnt, du bleibst die leitende Ermittlerin im Oberengadin und Bergell, aber bitte tauche beim nächsten Mal mit Schuhwerk bei ihm auf, und das an den Füßen montiert.« Er lächelte wieder, ehe sein Gesichtsausdruck ernster wurde. »Aber ob uns am Ende des Tages nicht doch noch jemand von ganz oben zurückpfeift und dir und mir den Fall wegnimmt, das weiß ich natürlich nicht. Marantas Anwältin hat nämlich gemeint, dass in dieser Angelegenheit noch nicht das letzte Wort gesprochen sei und dass Maranta und sie da so ihre Verbindungen haben. Sie hat den uns vorgesetzten Regierungsrat Cavelty erwähnt ...«

»Vetterliwirtschaft sagte man früher, oder? Übrigens, der Sohn von dieser Anwältin, ein gewisser Marlon Causevic, wurde mir gegenüber erwähnt, und das notabene von Marantas Assistentin, als ich sie nach, ähm ... schwierigen Personen in Anastassias Umfeld gefragt habe. Dem nun auf den Zahn zu fühlen, wird mir also eine rechte Kalberei geben.«

»Richtig. Deshalb warten wir erst mal ab, was die nächsten 24 Stunden ergeben. Einverstanden?«

»Einverstanden. Dann mache ich mich mal an die Arbeit.«

Corina setzte sich in ihr kleines Büro, in dem sich zwei Tische stirnseitig gegenüberstanden. Der eine Platz gehörte

Korporal Sonja Meier. Die junge Kriminalbeamtin hatte vor etwas mehr als einem Jahr von der Kripo Zürich ins Engadin gewechselt. Sie wohnte nun ebenfalls in Pontresina, aber im Dorf unten. Corina arbeitete gern mit ihr zusammen, doch im Moment war ihre Kollegin im wohlverdienten Urlaub.

Corina legte sich einen Notizblock zurecht und rief Dr. Maranta an. Sie verlor keinen Ton darüber, dass sie wusste, dass er sie vom Fall weghaben wollte, aber sie sagte, dass sie soeben mit ihrem Vorgesetzen das weitere Vorgehen abgesprochen habe. Damit musste Maranta wissen, dass sein Angriff auf ihre Person vorerst ins Leere gelaufen war. Sie erklärte ihm, was ihre nächsten Schritte seien und dass sie sich zwischendurch mit dem jeweiligen Erkenntnisstand melden werde. Was sie aber noch erwähne müsse, sei, dass sie an die Liste aller Telefonverbindungen von Anastassia zwar kommen wollten, doch dies im Moment noch einen zu großen Eingriff in ihre Privatsphäre darstelle, da rein objektiv gesehen noch kein Verdacht auf ein Verbrechen vorliege. Alternativ werde sie aber nun diverse Freundinnen seiner Tochter kontaktieren, um, so sei es zu hoffen, ihr Bewegungsmuster in den Tagen vor ihrem Verschwinden nachzuvollziehen.

Und damit begann Corinna auch, gleich nachdem Maranta sich reserviert verabschiedet hatte.

Der Anruf auf der ersten Nummer lief ins Leere, wie auch der zweite. Bei der dritten Nummer hob ein junge Stimme mit einem etwas zurückhaltenden »Hallo?« ab.

»Kantonspolizei Engadin, Corina Costa. Mit wem spreche ich?«

»Lotta Calotta.«

Echt jetzt? Lotta Calotta? So oder ähnlich hieß doch die

im Kinderlied, dachte Corina sofort. Sie ließ sich nichts anmerken. »Allegra, Frau Calotta. In welchem Verhältnis stehen sie zu Frau Anastassia Maranta?«

»Ist etwas passiert?«

»Offen gesagt weiß ich das nicht, denn dazu müsste ich mit Anastassia sprechen, doch ich finde sie nicht. Wann hatten Sie zuletzt Kontakt mit ihr?«

»Mit Anastassia? Das war letzten Freitag, respektive in der Nacht auf Samstag. Wir waren auf einer Party oben am Lej Marsch.«

»Ein wunderschöner Badesee, kenne ich gut. Sie waren also an einer dieser Privatpartys? Gemeinsam mit Anastassia?«

»Genau, sie hat mich abgeholt. Wir fuhren so weit hoch, wie es ging, den Rest sind wir gelaufen. Ist ja nicht weit. Wir haben gefeiert und getanzt, war eine perfekte Nacht, und so mild wie selten.«

»Haben Sie das Fest auch gemeinsam verlassen?«

»Nein. Ein Freund fuhr mich heim.«

»Wissen Sie, mit wem Frau Maranta das Fest verlassen hat?«

»Keine Ahnung, wir gingen früher als sie. Ich glaube, es war gegen 4 Uhr, denn es wurde bereits wieder hell. Und danach hatte ich mit ihr keinen Kontakt mehr.«

»Und während des Festes, gab's da jemanden, der nicht in die Reihe passte?«

»Schwierig zu sagen, denn es waren bestimmt über 100 Leute dort, und ich ging ja dann irgendwann … offen gesagt mehr als nur angetrunken.«

»Ist sonst irgendetwas Ungewöhnliches geschehen, Ihnen etwas aufgefallen?«

»So sagen Sie mir doch, was los ist, Sie machen mir ja Angst.«

»Das tut mir leid. Es ist so: Anastassia wurde von ihrem Vater als vermisst gemeldet. Möglicherweise auch etwas voreilig, wir werden sehen. Zurück zum Fest: Hat Anastassia am Fest jemanden getroffen, der sich ihr gegenüber früher mal nicht korrekt verhalten hat, aufdringlich war?«

»Na ja, wo sie ist, taucht leider wann immer möglich Marlon auf.«

»Marlon?« Corina tat so, als hätte sie keine Ahnung, um wen es sich handelte.

»Causevic, ein Anwaltssohn und mit der Familie Maranta irgendwie verbandelt. Es ist längst ein offenes Geheimnis, dass er ihr nachstellt, ein stinkreicher Grenzgänger ist. Außerdem bin ich mir nicht ganz sicher, ob der noch alle Ziegel auf dem Scheunendach hat.«

»Inwiefern?«

»Der Typ sieht auf den ersten Blick super aus. Wer ihn nicht kennt, könnte sogleich schwach werden. Aber nur für einen Moment, denn er ist ein verdammter Freak. Seine Augen, sein Verhalten, die Art, wie er redet … *spooky*, echt gruselig. Die, die ihn kennen, meiden ihn längst, außer sie sind im Netzwerk seiner knallharten Mutter verbunden, oder sollte ich besser sagen gefangen? Ich sage Ihnen, Marlon zieht Anastassia mit den Augen jedes Mal regelrecht aus, und er glaubt wohl, niemand merke es. Darüber hinaus spricht er geschwollen, er schreibt Gedichtbände, obwohl oder weil er nicht ganz dicht ist. Aber eben, mittlerweile ist er ein Einzelgänger im Engadin, auch auf diesen Partys.« Schnell fügte sie an: »Aber sagen Sie ja niemandem, dass Sie diese Information von mir haben, okay?«

»Okay, aber danke, wichtige Info.« Feuerbach hatte also die Wahrheit gesagt, dachte Corina.

»Kann ich irgendwas tun?«, hakte Lotta nach.

»Das können Sie. Es wäre hilfreich, wenn sie die Information, dass Anastassia seit dem späten Samstagabend vermisst wird, streuen. Falls jemand etwas über ihren aktuellen Verbleib weiß oder den Standort ihres Wagens kennt, soll er oder sie sich umgehend bei der Kripo Samedan melden.« Corina wusste, es konnte nie schaden, wenn so was die Runde machte. »Aber noch mal zurück zum Fest am Lej Marsch: Ist es möglich, dass Anastassia später vielleicht doch mit jemandem mitgegangen ist?«

»Vergessen Sie's!«, kam prompt die Antwort. Lotta sprach schnell, ihre Stimme hatte Kraft. »Ich kenne niemanden, der so unnahbar und schön in einem ist. Die lässt Männer wie Frauen abblitzen, ein Radarkasten am Julierpass ist da ein Dreck dagegen.«

»Wie kommt's?«

»So ist das eben mit ihr. Vielleicht hat das auch mit ihrer Geschichte zu tun. Sie kennen sie?«

»Ja, das tue ich.« Corina selbst hatte auch schon seit Jahren keinen Mann mehr an ihrer Seite. Sie pflegte, wenn jemand sie zu direkt nach ihrem Single-Dasein fragte, überspitzt zu sagen, dass sie bis jetzt mit den Männern, denen sie begegnet ist, immer wunderbar über Probleme reden konnte, die sie ohne die gar nie gehabt hätte. Außerdem mochte sie das Wort Single nicht, denn sie war nicht allein, und sie fühlte sich mit ihren 40 Jahren weder einsam noch aufs Abstellgleis geschoben. Sie lebte selbstbestimmt ihr Leben, so wie sie es für richtig und gut befand, und sollte eines Tages wieder ein Mann am Horizont auftauchen, würde ihr Herz ihr schon sagen, was zu tun war. »Danke, Frau Calotta, für diese Informationen. Wie gesagt, kenne ich mich in diesen Kreisen, in denen ihr Junge verkehrt, nicht so gut aus. Könnte Unterstützung also gut gebrauchen.«

»Was ich noch sagen kann, ist, dass Anastassia an dem

Fest noch mehr getanzt hat als sonst, und wer sie sehr gut kennt, weiß, dass sie das tut, um sich frei zu machen, etwas abzuschütteln. Aber darüber haben wir uns nicht unterhalten, der Lej Marsch ist ein Ort zum Loslassen, eine Himmelsleiter.«

»Ich hörte, dass Anastassia in den letzten Tagen irgendein Geheimnis mit sich herumgetragen haben soll. Irgendeine Ahnung?« Corina ging zwar nicht davon aus, dass Anastassia jemanden eingeweiht hatte, da sie ihrem Vater in der Kurznachricht ja ausdrücklich gesagt hatte, dass sie ihn nur unter vier Augen sprechen wolle.

»Nein, wirklich nicht. Sie hat nichts dergleichen gesagt.«

»Apropos sprechen; Anastassia kann nicht reden?«

»Ja, was soll damit sein?«

»Wie geht sie damit um?«

»Ach, kommen Sie. Heutzutage bräuchte überhaupt niemand mehr zu reden, so schnell sausen die Finger über die Handytastatur. Alles *easy*. Außerdem ist sie eine gute Zuhörerin. Aber nochmals: Muss ich mir Sorgen machen? Sie müssen wissen, Anastassia ist eine Gute. Obwohl sie Milliardenerbin ist, ist ihr der Reichtum, auf Deutsch gesagt, scheißegal. Klar, ihr Hintergrund bringt gewisse Vorteile mit sich, die sie nutzt, aber das Geld hat ihren Charakter nicht verändert. Einige mögen sie vielleicht als arrogant bezeichnen, doch das ist sie nicht. Sie sucht sich halt aus, wen sie an sich ranlässt und wen eben nicht. Aber jetzt mache ich mir echt Sorgen …«

»Ich kann nur noch mal betonen, dass ihr Vater sie erst seit heute Morgen vermisst, und ich hoffe, er ist überängstlich. Aber wir nehmen jede Meldung in diese Richtung sehr ernst. Sorgen machen hilft aber so oder so nichts. Telefonieren Sie also lieber nachher rum, fragen Sie andere, die auf dem Fest waren, ob die etwas gesehen oder gehört haben. Und wenn Ihnen noch was einfällt, so haben Sie nun ja meine Nummer.«

Corina legte auf, dachte: Da kam doch einiges zusammen, was diesen Marlon Causevic betrifft. Sie hatte natürlich zuvor in den Datenbanken der Polizei nach Einträgen zu seiner Person gesucht. Es gab, außer einem Verkehrsdelikt, nichts über den 30-Jährigen zu finden.

Während Corina kurz über das eben Gehörte nachdachte, kam eine Mail von Lorena Feuerbach rein. Die Aufnahmen der Überwachungskameras in der Villa Chantarella seien nun verfügbar, die Zürcher Security Firma habe soeben den Link freigegeben. Corina lud die Dateien auf dem Computer herunter. Es waren die Aufnahmen der letzten sieben Tage, sowohl von den Videokameras bei den Zugängen der Villa als auch von den Nebengebäuden. Die Aufnahmen reichten bis zum heutigen Mittag.

Corina kippte die Jalousien, sodass ein gefächertes Muster in den Raum geworfen wurde. Als Erstes interessierten sie die Aufnahmen vom letzten Samstag in der Früh.

Um 5:12 Uhr kam Anastassia alleine nach der Party mit dem roten Audi angefahren und verschwand danach im Lift zu ihrer Wohnung. Ihr Handy hielt sie dabei in der Hand, sie wirkte nüchtern.

Sieben Stunden später trat sie in Sportkleidung aus dem Lift und ging joggen. Wie Feuerbach es ausgesagt hatte, trafen sich die beiden Frauen um 14:02 Uhr vor dem Hauptzugang. Die Unterhaltung dauerte keine Minute. Feuerbach verschwand im Haupteingang zur Villa, Anastassia im Lift.

Nun wurde es interessant: Anastassia verließ die Villa Chantarella erst wieder um 23:17 Uhr, und das in ihrem roten Audi. Durch die außerordentlich gute Ausleuchtung des Hauptzuganges war sie im Wagen gut zu erkennen, so wie Feuerbach es gesagt hatte. Danach tauchte Anastassia auf keiner der Aufnahmen wieder auf. Somit war dies der letzte bisher ermittelte Moment vor ihrem Verschwinden.

Corina rief einen ihr bekannten IT-Techniker der Swisscom an, der ihr oft unbürokratisch Auskünfte gab, und das schon lange. Sie bat ihn, herauszufinden, mit welchen Kopfstationen sich Anastassias Handy in der Samstagnacht und am Sonntag verbunden hatte. Diese Verbindung musste jedes Gerät herstellen, um Internetzugang zu haben. Und mit diesen Daten, die die entsprechende Position im Netz festhielten, konnte das grobe Bewegungsmuster einer Person abgebildet werden.

Nun wurde es für Corina interessanter: Seit Samstagnacht gab es keine Daten, also hatte Anastassia Maranta ihr Handy ausgeschaltet, noch bevor sie die Villa verließ! Es war also davon auszugehen, dass sie damit verhindern wollte, dass man sie tracken konnte. Dass auch der GPS-Tracker im Auto bereits Tage zuvor deaktiviert worden war, konnte also kein Zufall sein!

Wieso?, fragte sich Corina mit Blick auf die letzten Bilder der Verschwundenen. Was hatte sie vor oder anders gefragt, was wollte sie verbergen? Und vor wem?

Konkret bedeutete das, dass Anastassia kurz vor Mitternacht die Villa verlassen hatte, Ziel unbekannt.

Wo war sie hingefahren und zu welchem Zweck? Mit wem hat sie sich allenfalls getroffen, und vor allem, was wollte sie ihrem Vater so dringend mitteilen, das so geheim war, dass er mit niemandem darüber reden sollte?, fragte sich Costa weiter.

Dass die junge Maranta ihre Spuren so gekonnt verwischte, konnte auch bedeuten, dass sie erst wieder auftauchen würde, wenn sie es für richtig hielt. Daher keimte Hoffnung in Corina auf, dass es sich bei dieser dunklen, bösen Ahnung, die sie in sich trug, nur um eine Täuschung handelte.

Doch nun brauchte sie erstmal eine kurze Pause, trank etwas Wasser und aß zwei Äpfel, bevor sie Urs Capeder die neuen Fakten mitteilte und danach die Patrouille anfunkte, die noch immer mehr oder weniger ziellos durch die Gegend fuhr. Das Team im Streifenwagen hatte keine Neuigkeiten für Corina. Dafür die Kripo Zürich, die sich meldete und berichtete, dass die Streife mittlerweile ausgerückt sei, hin zu der Maisonettewohnung, die sich in bester Lage am Zürichsee befand. In der Tiefgarage seien die beiden Parkplätze, die zur Wohnung gehörten, leer. Der Briefkasten sei nicht geleert worden, auf das Klingeln an der Haustür reagiere niemand. Die Beamten hätten daher eine Drohne an die Fenster fliegen lassen, in die Räume gespäht, doch nirgends sei jemand zu sehen gewesen.

Die Zürcher Kollegen waren danach auf direktem Weg zu der Security-Firma gefahren, die auch die Aufnahmen der Villa Chantarella verwaltete, und hatten sich die Bilder der Überwachungskamera an Anastassias Zürcher Wohnung angesehen, die bei der Einfahrt der Tiefgarage installiert war. Da diese Kamera nur filmte, wenn Bewegungen registriert wurden, waren die gesuchten Aufnahmen schnell gefunden. Genau vor 14 Tagen habe Anastassia Maranta um 11:03 Uhr die Tiefgarage zum letzten Mal verlassen.

Corina bedankte sich und ließ sich danach auch diese Aufnahmen zusenden, bevor sie zuerst im Internet und dann in den polizeiinternen Datenbanken nach Einträgen zu den Marantas suchte. Im Fokus hatte sie dabei den tragischen Tod von Helena Maranta.

Es war kurz nach 21 Uhr, als Corina das Gebäude der Kriminalpolizei Samedan verließ. Mehr konnte sie im Moment nicht tun. Anastassia schien tatsächlich wie vom Erdboden verschluckt worden zu sein; niemand hatte sie seit Samstagnacht gesehen. Ob Corina es wollte oder nicht, nun hieß es abwarten, in der Hoffnung, dass Anastassia bald von selbst auftauchte oder endlich mehr Hinweise eingingen, vielleicht zum Wagen, der mittlerweile schweizweit zur Fahndung ausgeschrieben war.

Während sie auf ihrem Garutsch in Richtung Pontresina radelte, dachte sie nach: Hatte die ganze Sache möglicherweise etwas mit den Geschäften der Marantas zu tun? War Anastassia etwas auf der Spur, das nur für die Ohren ihres Vaters bestimmt war? Und Corina fragte sich, wie sauber die graue Eminenz von St. Moriz tatsächlich war? Wer milliardenschwer ist, so glaubte sie zu wissen, der musste so seine Leichen im Keller haben, wenn auch gut vergraben durch die teuersten und besten Anwälte, die es gab. Im Netz hatte sie zuvor nur Hochglanzberichte von der Familie gesehen, auch Bilder von Marantas verstorbener Ehefrau. Das war auch das Einzige, das sie fand, was konkrete Fragen zum Hintergrund der Familie aufwarf, denn die Umstände, die zum Selbstmord von Helena Maranta geführt hatten, schienen nie restlos aufgeklärt worden zu sein. Es war zwar als Selbstmord deklariert worden, wie sie in den internen Datenbanken nachlas, und es hatte eine Obduktion gegeben, doch kurioserweise nicht in Chur, sondern im Rechtsmedizinischen Institut Zürich, und dies von einem, wie sich herausstellte, befreundeten Arzt der Familie. Das zumindest besagte eine nachträglich verfasste Aktennotiz, die aber kein Verfasserkürzel trug. Die Vorgehensweise schien aber zumindest hinter vorgehaltener Hand zu reden gegeben zu haben. In einem Protokoll hatte Corina eine Aussage dazu von der Familienanwältin gefunden, die damit konfrontiert ausgesagt hatte, dass dieses Vorgehen mit dem Vertrauen gegenüber diesem Arzt zu tun gehabt habe. Sie gab an, dass Dr. Maranta nur habe sichergehen wollen, dass die Obduktion tatsächlich Licht ins Dunkel brachte, und so sei es am Ende ja auch gekommen.

Corina wurde das Gefühl nicht los, dass hinter der Fassade dieser Saubermannfamilie etwas im Argen lag, und das nicht erst seit heute Morgen.

In diese Gedanken versunken fuhr sie weiter nach Hause. Die östlich gelegenen Berge trugen noch eine letzte Mütze Sonnenschein, als sie Pontresina erreichte.

Noch immer nachdenklich gestimmt, schob sie ihr Fahrrad den schmalen Naturweg zu ihrem Hof hoch. Es roch nach Sommer, der Abend hatte das Engadin längst erreicht, die Seen legten sich allmählich zur Ruhe, ihre Oberflächen glätteten sich, als der Berghof in Sicht kam.

Corina freute sich auf ihre Tiere. Begrüßte sie schon von Weitem mit ihren Rufen.

Es war ihnen wohlergangen, auch wenn Corina heute lange weggeblieben war. Sie begrüßte sie alle, redete mit ihnen, als sie sich um sie sammelten, auch Fred das Murmeltier, das sie auf den Arm nahm, während Giatta miauend auf einem Baum saß. Nur die Gackerinas waren in der Dämmerung bereits in den Hühnerstall verschwunden, hockten ruhig im Stall auf ihren Stangen.

Corina band sich ein Sennerinnenkopftuch um und molk die Geißen im Licht der Petroleumlampe. Langsam kehrte so ein Gefühl der Geborgenheit in sie zurück, und diese dunkle Vorahnung rückte in den Hintergrund.

Sie nahm einen Schluck frische Milch, als sie aus dem Stall trat und aufs Tal blickte, und fühlte den erdigen Boden unter ihren nackten Füßen – was für ein Unterschied zu dem schwarzen glatten Marmor in der Villa Chantarella, dachte sie.

Das letzte Licht im Tal erhob sich und verschwand in den Himmel, die Dämmerung wich der Dunkelheit. Ruhe lag über dem kleinen Flecken Natur, auf dem Holztisch vor dem Haus brannte eine Laterne.

Später saß Corina auf der Veranda. Sie hatte sich einen gemischten Salat zubereitet, etwas Teigwaren und Rührei gemacht und aß gemütlich am alten Holztisch. Fred lag im alten Schaukelstuhl in eine Decke eingekuschelt. Sie lächelte ob dem Anblick des lieben und so friedlichen Tieres, das keinem Wesen je ein Leid antun könnte. Sie stellte sich eine Welt einzig bewohnt von Murmeltieren vor, eine Welt ohne Krieg, ohne Bosheit.

Sanft wehte der Nachtwind in den Lärchen, die den Hof rückseitig umschlossen. Giatta, die Katze, würde erst wiederkommen, wenn es hell wurde.

Corina ging noch immer barfuß ins Haus, legte Holzscheite in die Glut des eisernen Herdes nach und kochte Wasser auf für einen Kräutertee. Sie gab einen vollen Löffel Bergbienenhonig in die Tasse und trank den Tee seelenruhig auf der Veranda. Zuvor regulierte sie die Flamme der Laterne auf das Minimum, sodass ihre Gesichtszüge nur noch schwach gelb-orange schimmerten, während im Tal die Ortschaften wie Goldadern glitzerten.

Seit zwei Wochen war es auch in dieser Höhe in den Nächten außerordentlich mild, deshalb zog es sie vor dem Schlafengehen hinaus in die Nacht.

Sie ging nicht weit den Berg hoch, nur auf die nächste Anhöhe oberhalb ihres Hofs. Fred folgte ihr.

Vor dem Wolfsrudel, das sich seit einiger Zeit im Gebiet aufhielt, fürchtete sie sich nicht. Sie hatte ihren Hof und die Weide ordentlich eingezäunt, so auch gleich vor dem Fuchs geschützt, der sich im letzten Jahr zwei Hühner geholt hatte.

Beim Gehen fühlte sie das noch lauwarme Gras unter ihren Füßen. Leise begann sie dabei, die alten Lieder zu singen, die ihr ihre Mutter beigebracht hatte; Gesänge des Nordens, die von Menschen geschrieben worden waren, die weit weg und ihr dennoch ganz nah waren. Sie fühlte neben dem Gras auch Moos, Steine, Tannzapfen, Disteln, Gräser und Steinchen unter ihren Sohlen, und wie sich die Temperatur je nach Untergrund veränderte. Die Welt war lebendiger als manch einer zu glauben vermochte. Der Sternenhimmel ergoss sich großzügig über ihr, die Bergsilhouetten verharrten schwarz, während sie und Fred durch die Sommernacht gingen. Corina fühlte einmal mehr, dass sie als Menschenkind nichts anderes war als ein kleiner, aber für sie alles entscheidender Teil des Gesamten.

Auf der Anhöhe angekommen, sang sie noch eine Weile und ging dabei durchs weiche Gras, Fred legte sich hin und beobachtete sie.

Es wurde wieder einmal spät, bis sie sich, innerlich still geworden, auf den Heimweg machte. Das Glitzern der Goldadern im Tal war schwächer geworden, die Menschen schliefen, die Natur erwachte in ihr anderes Leben. Corina hieß den lauen Bergwind, den Atem der Berge, willkommen, der ihr durch die wilden Locken fuhr, ihr übers Gesicht streichelte, in den Bäumen leise aufrauschte und in dieser Nacht von seiner Reise berichtete.

Zurück auf dem Hof angekommen, schaute Corina nochmals nach den Tieren, denn sie musste, als die gute Hirtin, auf sie achtgeben, denn sie alle gehörten zusammen, waren eine Familie.

5

Dienstag

Um fünf Uhr in der Früh war der Himmel vom ersten Licht des neuen Tages hoffnungsfroh erhellt, als Corina bereits draußen vor dem Haus stand und sich um die Tiere kümmerte. Sie brauchte nicht mehr als vier Stunden Schlaf. Ein leichter Morgenwind wehte, die Hühner waren bereits auf, und der Hahn ließ es sich nicht nehmen, den neuen Tag wiederholt zu bekrähen.

Corina feuerte den Holzherd ein, briet Rösti, dazu zwei Spiegeleier und holte eine Tomate aus dem Garten. Fleisch aß sie keines, zu sehr liebte sie alle Tiere, dafür aber Käse. Ihren Kaffee, den mochte sie heiß und mit viel Milch, und am liebsten trank sie ihn draußen.

Um kurz nach 6:30 Uhr schrillte ihr alter Telefonapparat, der ihr manchmal vorkam wie eine lästige Schwiegermutter, die ihr ums Verrecken ihren Rhythmus aufzwingen wollte.

Es war die Dienststelle der Kripo in Samedan. Eine Joggerin habe soeben ein im St. Moritzersee treibendes Ruderboot gemeldet. Es sähe so aus, als liege jemand darin, doch die Augenzeugin sei sich nicht ganz sicher, sie glaube, ein Arm hänge heraus, vielleicht aber auch nur ein Kleidungsstück. Möglicherweise schlafe bloß jemand seinen Rausch in der Nussschale aus.

Der diensthabende Beamte informierte Corina, dass die Gemeindepolizei St. Moritz ein Motorboot vom Segelklub zur Verfügung gestellt bekommen habe und dass sie so bald wie möglich an dessen Anlegestelle erwartet werde, um dem Ganzen auf den Grund zu gehen.

Weil es diesmal eilte, so erfuhr Corina, hole eine Patrouille der Kantonspolizei sie unten im Dorf ab, der Streifenwagen sei bereits auf dem Weg, sie solle sich also sputen.

Das tat sie dann auch. Gut, hatte sie die Tiere längst versorgt; die Eier gelesen, die Geißen gemolken und für frisches Wasser in den Tränken gesorgt. Die Geißen waren bereits wieder auf der Weide, ebenso staksten die Hühner um den Hof und pickten und scharrten, was das Zeug hielt, während Fred es in seinem Bau neben dem großen Stein im Garten gemütlich angehen ließ.

Um kurz vor 7 Uhr stieg Corina vor dem Segelklub St. Moritz aus dem Streifenwagen. Der dicke Herbert, der Dorfpolizist, der keiner Cremeschnitte aus dem Weg gehen konnte, begrüßte sie wie immer gut gelaunt; man kannte sich, und er versuchte ihr einmal mehr den Hof zu machen, denn, wie Corina längst wusste, war er von ihrem schwarzen Lockenkopf, ihren rehbraunen Augen und ihrem naturverbundenen Lächeln ganz entzückt, wie er ihr mal in einem Anflug von Romantik nach einem Kegelabend der Polizei und ein paar Gläsli Rotwein mit Schweißtropfen auf der Stirn gestanden hatte.

Corina, die große Angst vor dem Wasser hatte, stieg wortlos in das Motorboot, nachdem sie zuvor mit einem Fernglas den See nach dem Boot abgesucht hatte, das vor der bewaldeten Uferlinie dahinter nur schlecht erkennbar war. Herbert stieg mit seinem ganzen Gewicht nach ihr ein, sodass das Boot ordentlich schaukelte.

St. Moritz und ein Teil des Sees lagen bereits in den ersten warmen Strahlen der Morgensonne, als der Motor startete. Schnell nahm das Boot Fahrt auf, sodass die Morgenluft Corinas Locken durchwirbelte.

»So eine Bootsfahrt am Morgen vertreibt doch Kummer und Sorgen, liebe Corina«, lachte Herbert fröhlich und winkte ab. »Ach, da hat bestimmt wieder jemand ein Ruderboot geklaut oder einfach nicht richtig vertäut. Du wirst schon sehen, Corina, mach dir keine Sorgen, denn so einen schönen Tag lassen wir beide uns doch nicht wegen eines verlassenen Böötlis vermiesen.« Corina nickte höflich, und er sprach ihre angespannte Mimik an. »Oder hast du etwa Angst vor dem Wasser?« Dann hielt er seinen dicken Bauch, über dem sich sein Hemd spannte. »Ich nicht, denn Fett schwimmt ja bekanntlich.«

»Lieb von dir, Herbert, dass du mich aufmuntern willst. Ich bin ehrlich gesagt ganz froh, wenn ich wieder festen Boden unter meinen Füßen spüre.« Corina versuchte durchzuatmen. Auf den schmalsten Berggraten überkam sie nie die Furcht. Respekt schon, aber Angst nie, nicht in den Bergen. Doch das viele dunkle Wasser unter ihr, tief und schaurig, das machte ihr Angst.

»Liebe Corina, ich bring dich trocken wieder an Land, versprochen.« Herbert lachte etwas schelmisch. »Wer hätte schon gedacht, dass wir beide mal gemeinsam eine Bootsfahrt unternehmen, und heute werde ich dein Held sein.«

»Man soll den See nicht vor dem Ufer loben«, sagte sie nur und konzentrierte sich darauf, ihre Angst wegzuatmen.

In der Nähe des Ruderbootes angekommen, drosselte Herbert gekonnt den Motor, damit das kleine Boot nicht unnötig in Schwingungen geriet. Noch sah Corina niemanden im Boot, auch keinen Arm, der rausragte, und fragte sich, was die Zeugin wohl gesehen haben mochte. Vorsichtig umfuhren sie mit tuckerndem Motor das Ruderboot in gebührendem Abstand wegen des Wellengangs. Das Boot schien leer, doch um sicherzugehen, mussten sie nun näher ran.

Als sie sich seitlich auf den letzten Metern näherten, Corina hielt sich an einem der Griffe fest und reckte sich vor, erblickte sie eine junge Frau, die auf eine Decke gebettet darin lag.

»Herbert, da liegt jemand im Boot. Fahr näher ran. Ich muss zu der Frau, vielleicht braucht sie Hilfe.«

Das Lachen im Gesicht von Herbert war nun ernster Konzentration gewichen. Mit einer langen Stange, an deren Ende ein Haken saß, drehte Herbert vorsichtig das Ruderboot, damit das Gesicht der Frau besser zu erkennen war.

Im Boot lag Anastassia Maranta, und ihrer Gesichtsfarbe nach zu urteilen war sie tot!

»Ach Herrjemine«, platzte es aus Herbert heraus. »Das ist ja die junge Maranta. Ist sie tot?« Angstvoll blickte er nun zu Corina, die nickte, und er musste sich mit zitternden Beinen setzen.

»Es sieht leider so aus. Aber um dies zu bestimmen, muss ich zu ihr, doch dabei sollte ich wenn möglich keine Spuren verwischen. Aber erst muss ich die Lage fotografieren.« Sie nahm den Fotoapparat aus ihrer Tasche, die sie mit ins Boot genommen hatte, dann erst erkannte sie, wie blass Herbert plötzlich war. »Geht's?«

Er nickte wenig überzeugend, und sie war sich nicht sicher, ob er nicht gleich sein Frühstück ein zweites Mal sehen würde.

Nachdem sie die Fotos geschossen hatten, zog Corina blaue Schuhüberzieher und Gummihandschuhe an. Sie kämpfte gegen ihre aufsteigende Panik, als sie so vorsichtig wie möglich in das Boot stieg, damit es ja nicht zu sehr wackelte, was ihr aber nicht ganz gelang.

Auch wenn Corina keine Ärztin war, wurde ihr schnell klar, dass Anastassia zweifelsfrei tot war. Sie brauchte nicht mal den Puls zu ertasten, denn sie erkannte sofort die Livores, die Totenflecken, an der einen Schulter, als sie diese vorsichtig anhob. Aufgrund der noch schwachen Ausprägung des Flecken und der Totenstarre, die erst das Kiefergelenk erfasst hatte, ging Corina davon aus, dass Anastassia aber noch nicht lange tot war.

»Herbert, sie ist leider tot, wie befürchtet.« Ein ungewohnter Schmerz fuhr dabei durch ihre Brust, ließ alle Angst vor dem Wasser verschwinden. Welches Schicksal hatte diese junge Frau ereilt? Das Leben hatte seine eigenen Gesetze, da konnte man nichts machen, wusste Corina und dachte einmal mehr an das Sprichwort: Wenn es sein muss, beißt man sich sogar beim Puddingessen einen Zahn aus.

Offensichtliche Verletzungen an der Toten erkannte Corina auf den ersten Blick keine, doch da die Ruder fehlten, vermutete sie entweder einen Selbstmord oder, und das war wahrscheinlicher, ein Gewaltverbrechen. Und falls Letzteres stimmte, so hatte sie sich nicht gut genug verstecken können.

Sie funkte die Zentrale an. »Ich brauche die Forensik beim Anlegeplatz des Segelklubs und Verstärkung.«

Man solle außerdem direkt Dr. Kaspersky und Adrian Hugentobler aufbieten, schlug sie vor, denn es bringe nichts, die Tote erst ins Spital Samedan zu überführen und danach weiter nach Chur in die Rechtsmedizinische Abteilung am Kantonsspital, die unter der Leitung von Dr. Kaspersky geführt wurde.

Der dicke Herbert, der noch immer keine rosigen Wangen hatte, wirkte bestürzt. Noch nie habe er eine Leiche gesehen, betonte er nachdenklich, außer seine tote Großmutter, die Brida, aber die war 92 Jahre alt geworden. Drei Tage lang sei sie in der alten Stube aufgebahrt gewesen, mit offenem Sargdeckel, sodass er es mit der Angst zu tun bekommen und lieber ins Bett gemacht habe, als sich in der Nacht an ihr vorbei aufs WC zu schleichen.

»Mach dir keinen Kopf, Herbert. Das ist ja auch ein himmeltrauriger Anblick, und er macht auch mir zu schaffen. Lass uns das Boot nun behutsam ans Ufer schleppen«, sagte Corina und befestigte ein Seil am Ruderboot. Die Angst vor dem Wasser fühlte sie nicht mehr. Doch als Herbert sich aufrichtete und es nicht lassen konnte, noch einen Blick ins Ruderboot zu werfen, wurde ihm so schlecht, dass Corinas Befürchtungen doch noch wahr wurden.

Kreideweiß lag er danach im Boot, während Corina im Kriechgang fahrend ans Ufer manövrierte und dabei immer wieder hinter sich blickte, sah wie das Ruderboot im Kielwasser sanft schaukelte, als spiele der Tod sein letztes Wiegenlied für Anastassia. Das Wasser glitzerte, die Berge lagen in der Sonne, St. Moritz prahlte wie so oft mit seiner mondänen Schönheit, als liege ihm die ganze Welt zu Füßen.

Es war noch früh am Morgen, sodass kaum Leute am Ufer unterwegs waren, schon gar nicht beim Anlegeplatz des St. Moritzer Segelklubs. Das war gut, denn Corina wollte nicht, dass man Anastassia so ausgestellt sah, weil gewisse Leute ihre Handys anstandslos für alles und jedes zückten, und schnell landeten dann auch solche Bilder in den sozialen Medien, auf der Jagd nach Likes.

Bis die Forensik mit ihrem Bus aus Chur ankam, würde es bestimmt zwei Stunden dauern. Sie mussten sich also gedulden, denn für einen solchen Fall mit einer Toten reichte die Kriminaltechnik der örtlichen Polizei nun mal nicht aus. Doch vom Stützpunkt Samedan aus war mittlerweile eine zusätzlich Patrouille gekommen und brachte eine spurenfreie Plane, um das Boot abzudecken, damit die Leiche nicht unnötigen Wettereinflüssen ausgesetzt war und auch vor den Blicken neugieriger Passanten geschützt werden konnte.

Corina wusste, sie musste sofort Rudolfo Maranta informieren, bevor er auf anderen Wegen von dem Polizeieinsatz auf dem See erfuhr, denn sie hatte den Ausblick von seiner Villa über den See nicht vergessen.

Sie trug seine Visitenkarte noch immer in der Gesäßtasche. Und auch an ihr Handy hatte sie ausnahmsweise gedacht, es hatte sogar genügend Akku. Sie tippte seine Nummer ein.

Maranta meldete sich mit ruhiger Stimme.

Corina mochte das, was sie nun tun musste, gar nicht, aber es musste leider sein. »Allegra, Herr Maranta. Leider habe ich ganz und gar keine guten Nachrichten … wir haben Ihre Tochter gefunden … sie ist leider tot.«

Stille.

»Sie lag in einem Ruderboot, das heute morgen in der Mitte des St. Moritzersees trieb. Äußerlich scheint Ihre Tochter unverletzt. Mehr kann ich Ihnen leider noch nicht sagen, denn erst vor wenigen Minuten haben wir das Ruderboot an den Anlegeplatz des Segelklubs gezogen und warten nun auf weitere Spezialisten.«

»Ich bin unterwegs.« Er legte auf.

Keine zehn Minuten später kam ein schwerer dunkler Mercedes vorgefahren. Maranta stieg aus und kam näher, die Fahrertür ließ er offen stehen.

»Mein Beileid«, sagte Corina und streckte ihm ihre Hand entgegen, die er unbeachtet ließ. Sie nahm es nicht persönlich, der Schmerz in ihm musste furchtbar sein.

»Ich will meine Tochter sehen«, forderte er stattdessen einen der Beamten auf. Dieser schwieg und blickte zu Corina.

»Heben Sie die Plane hoch, ich will mir nur sicher sein, dass es auch wirklich meine Tochter ist«, forderte er nun Corina auf.

Sie nickte und hob die Plane etwas an. Die Morgensonne warf ihr Licht exakt auf das Gesicht der Toten, ließ es dadurch noch bleicher wirken.

Erstarrt blieb Maranta stehen, dann wandte er sich wortlos ab, setzte sich in den Wagen und fuhr davon. Corina blieb einen Moment lang betroffen stehen, blickte erst zu Boden, dann hinaus auf den glitzernden See, als könnte sie es nicht glauben, dass das wirklich geschehen war.

Um kurz vor 10:30 Uhr kamen die spindeldürre Dr. Kaspersky und ihr Gehilfe Adrian Hugentobler angefahren. Er, der zwei Meter große Kerl, war übergewichtig und trottete entsprechend schwerfällig hinter ihr her.

Mittlerweile war das Ruderboot auf einen Anhänger gezogen worden und stand unter einem mobilen weißen Zelt, sodass die beiden darin ungestört ihrer Arbeit nachgehen konnten.

Corina informierte Kaspersky, dass die Tote zwar bewegt worden war, sie aber vor dem Betreten des Bootes Fotos geschossen habe. Kaspersky, die wie ihr Gehilfe einen weißen Overall mit hochgezogener Kapuze trug, nickte. »Wir werden sehen.«

Hugentobler hob nach den ersten Untersuchungen das Opfer mit Leichtigkeit aus dem Boot, legte es in einen sperrigen Leichensack aus dickem Kunststoff. Danach verschwand die Leiche in einem gekühlten Leichenwagen, der sie ins Kantonsspital in die Rechtsmedizin überführte.

Das Boot wurde unter dem Schutz des weißen Zeltes, das wie ein Partyzelt aussah, auf Spuren hin untersucht. Die Decke, auf der die Leiche gelegen hatte, wurde eingepackt, bevor das gesamte Boot mit einem speziellen Staubsauger gesaugt wurde, um noch so kleine Partikel einzufangen. Fingerabdrücke auf dem Holz zu suchen, erübrigte sich. Dafür fanden sich dank des Einsatzes von Luminol, das über das gesamte Boot gesprüht wurde, feinste Blut- und Gewebespuren, von bloßem Auge unsichtbar. Diese schimmerten fluoreszierend hell an verschiedenen Stellen. Dr. Kaspersky ließ sich bei deren Anblick nur ein leises »Hmmm« entlocken.

6

2012, elf Jahre zuvor

Anastassia hatte vor drei Wochen ihren 13. Geburtstag gefeiert. Ihr Temperament war seit jeher nicht zu zügeln gewesen, doch seit sie in der Pubertät war, wäre es für ihre Eltern einfacher gewesen, einer Horde Wildpferde Herr zu werden, als ihre Tochter zu kontrollieren.

Wenn Rudolfo in seinem großräumigen Arbeitszimmer Gäste empfing und mit ihnen über wichtige Geschäfte sprach, so kam es schon mal vor, dass Anastassia mitten in die Unterredungen platzte, lauthals und voller Leben, weil sie unbedingt hier und jetzt ihren Vater etwas fragen musste, egal wie nachdrücklich ihre Mutter Helena sie davon abzuhalten versucht hatte. Nach dem ersten strengen Blick von ihm änderte sich die Situation jeweils rasch; seine Geschäftspartner waren ob so viel Leben gleichermaßen verwundert wie entzückt, denn mit Anastassia kam etwas in den Raum, das die Herrschaften sich nicht leisten konnten – das pure Leben, losgelöst von der Bürde, die so viel Geld mit sich brachte, wie sie selbstmitleidig in geschlossenen Gesellschaften zueinander sagten.

Und so wie Anastassia in das Arbeitszimmer geplatzt kam, so verschwand sie auch wieder; mit einem heiter hellen Lachen und dem Wissen, ihren Vater wie immer um den Finger gewickelt zu haben, denn sie war sein Ein und Alles, und das wussten sie und er genauso. Deshalb konnte Maranta seinen ganzen Stolz gegenüber seinen Geschäftsfreunden nicht verheimlichen, im Gegenteil, denn er wusste: Keiner von denen hatte so eine Tochter, er war somit in vielerlei Hinsicht der Reichste.

Doch alles änderte sich damals an einem Freitag, grad so, als hätte die Sonne das lichtverwöhnte Engadin von da an für lange Zeit vergessen. Und Rudolfo Maranta weilte ausgerechnet in diesen Tagen im Ausland – die Geschäfte.

An jenem Freitag, dem 25. Mai 2012, kam Anastassia früher als erwartet – viel früher, nämlich schon am späten Nachmittag vom Internat nach Hause, und nicht wie von ihrer Mutter und dem Hauspersonal erwartet, erst am Samstagmorgen. Es hätte eine Überraschung sein sollen, doch als Anastassia ankam, schien niemand zu Hause zu sein, auch die damals erst 25-jährige Feuerbach nicht.

Wie gewohnt hatte Anastassia den Code für den Zugang zur Villa korrekt eingetippt und danach den Haupteingang betreten. Sie schritt durch die vielen Räume der Villa Chantarella und rief nach ihrer Mutter, doch sie fand sie nicht, weder im Wohn- noch im Kaminzimmer, auch nicht im unteren Stock im Spa-Bereich, wo auch die Sauna war, und auch nicht im großen Fitnessraum oder in der Bibliothek. Anastassia stieß nur auf die neue Reinigungsfachfrau, die summend bei der Arbeit war, doch die wusste auch nicht, wo ihre Mutter war.

Die letzten Sonnenstrahlen lagen an diesem fürs Engadin warmen Frühlingstag tief über dem Tal, als Anastassia in den Garten ging. Es roch nach warmer Erde, nach Frühling und damit auch nach dem Versprechen, dass der Sommer bald käme, auch wenn die Berge rund um den See noch Schneekappen trugen. Anastassia vernahm leise klassische Musik, Mutter konnte also nicht weit sein. Sie malte für gewöhnlich immer in den hellen Morgenstunden. Doch vielleicht hatte sie heute was im Atelier zu tun oder hörte dort einfach ihre Musik und saß dabei in dem großen Sessel mit Blick über das Tal und den See.

Das Atelier war gänzlich aus Engadiner Arvenholz gebaut; hell und lichtdurchflutet. Das Innere wurde durch einen geflochtenen Paravent aus Bambus in zwei Räume geteilt.

Anastassia ging hinein, die Musik wurde lauter, hüllte sie mit ihrer kraftvollen Tiefe ein. Wie immer lag dieser Geruch von Holz und ätherischen Ölen, gemischt mit dem der Ölfarben ihrer Mutter, in der Luft, so auch diesem späten Nachmittag.

Die Sonne warf beim Eintreten ein gefächertes Muster durch den rautenförmig geflochtenen Paravent vor Anastassias Füße und kletterte bei jedem ihrer Schritt weiter an ihr hoch: über die Beine, den Rumpf, die Arme, Schultern und in ihr Gesicht, untermalt von der Melancholie des eindringlichen Stückes. Anastassia kannte es; es war Schuberts Serenade. Obwohl sie etwas geblendet wurde, sah die 13-Jährige sofort im Gegenlicht einen Schatten, einen Schatten, der auf einen ungeheuerlichen schwarzen Berg des Schweigens verwies.

Vom Unausweichlichen angezogen umging Anastassia langsam den den Raum trennenden Paravent, das Licht-Schatten-Muster wanderte seitlich über ihren Körper, die Musik wurde etwas lauter, doch nicht aufdringlich. Anastassias dunkles Haar floss über die schmalen angespannten Schultern. Immer wieder blitzte die Sonne durch die kleinen rautenförmigen Maschen, als fiele sie durch einen einer strengen Ordnung folgenden Blätterwald, als Anastassia schließlich auf Kopfhöhe die Füße ihrer Mutter erkannte. Die Mutter war barfuß. Sie trug einen hellbraunen Hosenanzug, die Arme hingen schlaff an ihr herab, der Kopf war nach vorne gesunken, das schwarze Haar fiel ihr ins Gesicht. Der schlanke Köper wurde einseitig von den letzten Sonnenstrahlen beschienen.

Da hing ihre Mutter Helena inmitten ihrer Farben und Schuberts Serenade, die hoffentlich ihren Geist zu tragen vermochte, nicht aber ihren Körper.

Als hätte die Zeit haltgemacht, blieb Anastassia wie erstarrt stehen. Irgendwann, in endloser Ferne, versank das Sonnenlicht beinahe unmerklich, das schwindende Licht ließ das glänzende schwarze Haar verblassen. Anastassia hörte die Musik nicht mehr, wurde von dem Schatten verschluckt.

Stille.

Das Nächste, woran sie sich erinnern konnte, war, dass sie in ihrem Zimmer erwachte. Der grauhaarige Hausarzt Dr. Luzi legte soeben sein Stethoskop zur Seite und nahm ihr die Blutdruckmanschette mit einem Ratsch ab. Mit einem »Mhhhh« quittierte er Anastassias fragenden Blick auf ihn.

Lorena Feuerbach stand neben dem Bett, und das wie immer wie aus dem Ei gepellt, und blickte auch auf die Teenagerin. Mitleid stand in ihren Gesichtszügen geschrieben. Anastassia schaute in die beiden Gesichter über sich. Es war ihr dabei, als würde sie auf dem Grund eines Schwimmbeckens liegen und durch mit Asche geschwärztes Wasser hochblicken.

Dr. Luzi sprach zwar mit Blick auf Anastassia, aber dennoch so, als läge sie gar nicht da. »Frau Feuerbach, ich habe ihr etwas gegeben, das wird fürs Erste helfen. Die Polizei soll später wiederkommen, wenn Dr. Maranta und Frau Dr. Causevic anwesend sind. Anastassia braucht jetzt unbedingt Ruhe.«

»Wo ist mein Vater?«, würgte Anastassia hervor. Ach ja,

stimmt, er ist geschäftlich im Ausland, kam ihr in den Sinn. Doch ihre Gedanken, flüssig und schwer wie warmes Blei, versickerten irgendwo in ihrem Hirn.

Anastassia verschwand in einer Flut aus schwerer Leichtigkeit, ein unbeschreibliches Gefühl, ähnlich wie wenn an einem dunklen Regentag die tief stehende Sonne in der Ferne eine kleine Lücke findet und damit die dunklen Wolken mit ihrem Licht unterhöhlt.

Ihr Vater landete am nächsten Tag in den ersten Morgenstunden in seinem Privatjet auf dem Flugplatz in Samedan und stellte sich sofort ans Bett seiner Tochter. Danach verschwand er mit Dr. Causevic und Dr. Luzi im Arbeitszimmer, irgendwas lag in der Luft.

Anastassia hätte in den Tagen danach der Polizei auch Antworten geben wollen, doch wo sich vorher ihre Sprache befunden hatte, war nun diese fassungslose Orientierungslosigkeit, als hätte sie noch nie im Leben ein Wort gesprochen.

Umgehend hatte ihr Vater aus einer renommierten psychiatrischen Privatklinik die Chefärztin herkommen lassen. Alle drei Tage saßen sie und Anastassia sich gegenüber, um gemeinsam dem Unfassbaren zu begegnen, es in Worte zu kleiden. Anastassia blickte, während die Psychologin mit ihr redete, nur auf den dezent geschminkten Mund, hörte dabei ihre Worte, hin und wieder blitzte die Zunge zwischen den Lippen hervor, und Anastassia wunderte sich darüber, wie einfach es für jemanden doch war, wenn er sprechen konnte. Und sie wunderte sich, dass sie dies mal selbst gekonnt hatte. Ihre Sprache fand sie nicht mehr.

Sie wusste mittlerweile von ihrem Vater, dass ihre Mutter tatsächlich tot war, dass sie sich mit Tabletten in einen Rauschzustand versetzt und aufgehängt hatte. Schuberts

Serenade sei in einer Endlosschlaufe gelaufen, sagte man ihr. Doch an die Musik konnte sich Anastassia nicht mehr erinnern, nur an das Licht-Schatten-Muster, an den Paravent, die Farben, die Gerüche und an die Dunkelheit, die wie schwarzer Nebel immer näher kam, wie die berüchtigte Malojaschlange, der Nebel, der mit dem Malojawind ins Tal dringt und St. Moritz einhüllt.

Die Kriminalpolizei von Chur und danach auch Beamte aus dem Kanton Zürich waren irgendwann in der Villa aufgetaucht, hatten auch Anastassia wiederholt befragt. Irgendetwas war seltsam, fand sie, doch bald legte sich alles. Nur die Trauer blieb.

Die Beerdigung fand eine Woche später statt, am 1. Juni, dem ersten Tag des Sommers.

Ein für die Jahreszeit ungewöhnlicher Sturm war damals im Anmarsch gewesen, als sich eine nicht zählbare Schar in der Ebene zwischen Pontresina und Celerina, direkt am Aufstieg zum Hügel der Begräbniskirche San Gian versammelt hatte. Alle mussten sie Weiß tragen, denn das war Mutters Wunsch gewesen, wie man erfuhr, als man ihr Testament las. Wie eine Schar Geister sah die Trauergemeinde aus, fand Anastassia, denn das Licht war an diesem Nachmittag seltsam diffus im Tal, der Himmel wurde zunehmend dämmriger, die Bäume rauschten im warmen Wind, während sich diejenigen, die Platz fanden, auf dem Friedhof drängten und hinunter in die Weite blickten. Dort hob sich einsam ein weißes Pferdegespann ab; sechs Schimmel zogen einen schneeweißen Wagen über die Ebene, darauf der blutrote Sarg. Ein gespenstisch anmutendes und ebenso schönes Bild wie aus einem Märchen bot sich in der Dämmerung des warmen Frühsommertages, die wirkte, als läge eine partielle Sonnenfinsternis über dem Hochtal.

Als die Tiere näher kamen, konnte Anastassia ihr nervöses Wiehern hören, vom Wind an ihr Ohr getragen. Die Hufe trampelten rhythmisch, ehe die Kirchenglocke mit ihrem Geläut in dem Moment begann, als der Pferdewagen vor der langen Treppe hoch zum Hügel hielt. Die kraftvollen Leiber schienen vor lauter Kraft kaum stillstehen zu können, legten sich immer wieder unruhig ins Geschirr, schnaubten, warfen ihre Häupter.

Der leuchtend rote Sarg, übergossen von einem Blumenmeer, wurde von sechs Männern mit weißen Zylindern die Treppe hochgetragen, grad so, als trügen sie ihre Königin zu Grabe. Voran schritt der Pfarrer mit dem in den dunklen Himmel erhobenen Kreuz durch die spalierstehende Menge. Die violette Stola des Geistlichen wurde dabei in den lauwarmen Böen hin und her bewegt. Die Kleider der Frauen wehten im Kollektiv, und Hüte wurden festgehalten, während der Sarg durch die Menge getragen wurde. Der für die Jahreszeit zu warme Wind, der keinen Regen brachte, trug im dämmrigen Licht eine Botschaft mit sich: die Botschaft vom Abschied für immer, während die einzige und handgezogene Glocke der Begräbniskirche läutete.

Anastassia trat in einem weißen Kleid an den Sarg ihrer Mutter. Ihr weißer Hut war am Haar angesteckt, ihr Kleid wehte auf, wie auch ihr pechschwarzes Haar. Ihre Hände umschlossen krampfhaft das Sträußchen Blumen, das sie für ihre Mutter gepflückt hatte. Ihre Augen schimmerten, trugen von diesem Tag an diesen seltsamen und gleichsam anziehenden Glanz, den sie nie wieder verlieren sollten.

Lorena Feuerbach stand blass geschminkt neben Anastassia. Eine Windböe hob ihr modisches Kleid, Feuerbachs schlanke Beine wurden für einen kurzen Moment entblößt, ehe sie den Rock mit einer dezenten Handbewegung wieder nach unten strich. Nun trat auch Rudolfo Maranta, groß und würdevoll, neben seine Tochter. Er legte seine Hand auf ihre Schulter, Betroffenheit lag in seinem Blick.

Weihrauch, Gebete, Glockengeläut, Blumen, Amen – Vater unser im Himmel, geheiligt werde dein Name, dein Reich komme … Der rote Sarg versank mitsamt der Haube aus Blumen tief in der Erde. Die Glocke läutete hell … Anastassia schloss ihre müden Augen … der Wind, der Wind …

Irgendwann in den nächsten Monaten wichen endlich die mitleidigen Blicke der Leute, die Anastassia nicht mehr ertragen konnte, weil sie dadurch immer und immer wieder an das Unfassbare erinnert wurde. Verstehen, was passiert war, konnte sie weiterhin nicht. Ja, sie wusste, dass ihre Mutter Probleme gehabt hatte, aber dann malte sie jeweils umso intensiver und schien dann auch zwischendurch wieder glücklich gewesen zu sein.

Nach den langen Sommerferien ging Anastassia weiter aufs private Gymnasium in Zuoz. Dort lernte sie, sich auf ihre Art und Weise wortlos zu verständigen: ein Nicken oder ein Daumen hoch, ein Achselzucken, ein Kopfschütteln. Ausführlichere Antworten tippte sie in ihr Handy und reichte es ihrem Gegenüber. Erst Monate später fand sie eine für sie passende Stimme, die sie abspielen konnte.

Lorena Feuerbach kümmerte sich in den Wochen und Monaten nach Helenas Tod viel um Anastassia, vor allem dann, wenn Vater Rudolfo geschäftlich unterwegs war. Lorena konnte Anastassia die Mutter zwar nicht ersetzen, aber die beiden rückten doch näher zusammen.

Immer wieder zog es Anastassia in den Jahren danach auf den Hügel zur Begräbniskirche San Gian. Sie verbrachte viel Zeit am Grab ihrer Mutter, sprach in Gedanken lange mit ihr.

Eines Tages, es war der zweite Sommer nach dem Tod ihrer Mutter, hatte sie sich etwas versteckt neben einem Strauch auf die Parkbank gesetzt und war einfach nur dort gesessen, als sie eine Frau beobachtete, die barfuß zu einem Grab ging, an dem nur ein Holzkreuz stand. Die Frau war nicht sehr groß und schlicht angezogen: eine weite Jeans, ein T-Shirt und eben keine Schuhe. Anastassia beobachtete, wie die Frau einige Steine aufs Grab legte und dann ein wunderschönes Lied sang, eine Melodie, die Anastassia noch nie gehört hatte. Sie hörte ihr zu, sah die Frau mit den dunklen Locken unter dem im Wind aufrauschenden Baum stehen und fühlte sich durch ihr Dasein, durch dieses Lied getröstet. Als die Frau den Friedhof verlassen hatte, sah Anastassia vom Hügel herab, wie sie auf einem Fahrrad in Richtung Celerina fuhr.

Es war diese Begegnung, die ihr half, mit der Trauer kraftvoller umzugehen, denn sie hatte etwas aus dem Lied gehört, aus dieser Stimme; nämlich, dass alles miteinander verbunden war – für immer.

In der Villa Chantarella verschwanden mit den folgenden Jahren die meisten von Helenas Sachen, außer ein Bild auf dem großen Schreibtisch in Rudolfos Arbeitszimmer. Auch das Malatelier blieb, doch niemand durfte es auch nur betreten. Es war seit damals abgeschlossen, als wollte man den schrecklichen Moment für immer einsperren, nicht in die Welt der Hinterbliebenen lassen.

Es dauerte fünf lange Jahre, ehe Anastassia der Ring, den ihre Mutter ihr in ihrem Testament und mit schönen Worten vermacht hatte, endlich passte.

7

Während die Forensik um kurz vor 12:30 Uhr am Anlegeplatz des Segelklubs St. Moritz alles abbaute und zusammenpackte und Corina mit den wenigen Informationen fütterte, die es zu diesem Zeitpunkt gab, fuhr ein schwarzer sportlicher BMW heran. Feuerbachs lange Beine und ihre hochhackigen Schuhe waren als Erstes zu sehen, bevor sie elegant aus dem Wagen stieg.

Die Frau kam selbstbewussten Schrittes auf Corina zu.

»Weiß man denn schon mehr?«, fragte sie bestürzt, nachdem sie sich begrüßt hatten. Ihre Augen waren hinter einer dunklen Sonnenbrille versteckt.

»Noch nichts Genaueres«, hielt Corina sich bedeckt. »Wir stehen ja erst am Anfang. Haben Sie denn was zum Fall zu sagen?«

Feuerbach schob die Sonnenbrille in ihr Haar hoch und schüttelte den Kopf. »Ich bin einfach nur fassungslos, musste persönlich herkommen, konnte es sonst nicht glauben. Dr. Maranta hat mir aber bereits die grausame Wahrheit gesagt. Wissen Sie, Anastassia war wie eine Schwester für mich.« Sie schloss die Augen für einen kurzen Moment. »Einfach furchtbar. Und nach dem Selbstmord ihrer Mutter fragt man sich natürlich, warum nun auch Anastassia gestorben ist, ob auch sie Selbstmord begangen hat.«

»Der Fall wirft noch viele Fragen auf, denen wir unter Hochdruck nachgehen. Die Rechtsmedizin wird noch heute die ersten Aussagen machen können, aber ob wir dann bereits abschließend sagen können, was tatsächlich geschehen ist, das wissen wir jetzt noch nicht.«

»Es sei ihr aber keine äußerliche Gewalt angetan worden, sagte mir Dr. Maranta, das klingt ja dann doch eher nach Selbstmord, nicht?« Feuerbachs Augen strahlten Intelligenz aus.

»Das kann man so nicht sagen. Es kommt auch immer auf die Ursache der Verletzungen an, denn es gibt auch Unfälle, die im ersten Moment den Anschein erwecken, es hätte ein Gewaltverbrechen stattgefunden und umgekehrt.« Corina wollte sich auf keine Schiene einlassen. »Anastassias Auto haben wir auch noch nicht gefunden, noch konnten wir ausfindig machen, wo sie sich seit dem Samstag, nachdem sie um kurz vor Mitternacht die Villa verlassen hatte, aufgehalten hat. Aber wir wissen aufgrund des Zustands der Leiche, dass sie erst vor etwa zehn Stunden ums Leben gekommen sein kann. Aber da Sie schon mal hier sind: Wissen Sie vielleicht, wem das Ruderboot gehört, in dem wir sie gefunden haben?« Corina zeigte ihr Fotos, denn das Boot war bereits für den Abtransport verpackt worden.

»Nein, wir besitzen nur ein Segelboot hier am See. Sieht mir aber aus wie eines der Mietboote, die man hier kriegt.«

Corinas Funk meldete sich, deshalb unterbrach sie das Gespräch mit den Worten: »So, und nun müssen Sie mich entschuldigen«, und entfernte sich einige Meter von Feuerbach, ehe sie das Funkgerät bediente. »Was gibt's?« Ein Dienstkollege von Samedan war dran.

»Wir haben das Auto gefunden, das rote Audi Cabriolet.«

»Und wo?«

»Hotel Waldhaus am See, in der Via Dimlej.«

Corina blickte links dem Seeufer folgend schräg über

den See, dahin, wo sich das Hotel auf dem kleinen Hügel erhob.

»Es ist ordentlich geparkt, wir haben nichts angefasst. Ich nehme an, du schickst uns einen Kriminaltechniker?«

»Ja, aber ich werde ebenfalls gleich zu euch rüberfahren.«

Keine fünf Minuten später stand Corina auf dem oberen Parkplatz des Hotels. Der rote Wagen war tatsächlich ordentlich geparkt und abgeschlossen, als gehöre er einem der Gäste. Corina zog es zuerst ins Innere des Hotels. Sie fragte an der Rezeption nach, ob jemand Anastassia Maranta gesehen habe, ob sie allenfalls gar im Hotel abgestiegen sei oder jemanden getroffen habe, vielleicht im hauseigenen Restaurant.

Sie zeigte das Foto, das sie von Feuerbach erhalten hatte. Doch Fehlanzeige. Niemand konnte ihr überdies sagen, wie lange der Wagen überhaupt schon dort stand, da die Parkplätze für die Gäste zur freien Verfügung standen und es keine Videoüberwachung gab. Somit blieb nicht nur unklar, wann der Wagen hier geparkt worden war, sondern auch von wem.

Ein Kriminaltechniker, der in den Räumlichkeiten des alten Polizeipostens in St. Moritz stationiert war, öffnete danach vor Corinas Augen den Wagen mittels Spezialtools, nachdem er Fotos geschossen und Fingerabdrücke am Wagen außen gesichert hatte. Corina, die blaue Handschuhe angezogen hatte, reckte sich vorsichtig in den Wagen, suchte das Innere ab, doch sie fand nichts, auch nicht im Handschuhfach oder im Kofferraum. Dort, wo bei diesem Fahrzeugtyp der GPS-Tracker für die Fahrkontrolle installiert gewesen war, fehlte dieser. Der Kriminaltechniker ließ den Wagen im Anschluss abschleppen, um ihn im Stützpunkt Samedan weiter auf Spuren hin zu untersuchen.

Corina suchte in der Zwischenzeit den Hang direkt neben dem Parkplatz ab, der sich über 50 Meter tief hinunter zum Ufer zog. Sie hielt dabei Ausschau, ob irgendwelche Abdrücke im Gras zu sehen waren, ob Anastassia möglicherweise hier in das Boot gestiegen war und ob sie dabei allein gewesen war. Doch Corina fand keine Anhaltspunkte.

In der direkten Umgebung des Hotels gab es keine anderen Gebäude und somit auch keine Kameras. Doch Corina wusste aus einem anderen Fall, dass es eine öffentlich einsehbare Webcam im Badrutt's Palace gab, die einen Teil des Sees einfing, um so Interessierten die Schönheit von St. Moritz live ins eigene Wohnzimmer zu liefern.

Im Palace vorstellig geworden, wurde Corina sofort erlaubt, die Bilder einzusehen, und sie wurde in ein Büro der Administration geführt. Ein junger Unterländer war zuständig für die Webseite, die früher eine Agentur gepflegt hatte und seit Kurzem im Hause selber unterhalten wurde, erfuhr sie so nebenbei, denn der junge Mann konnte reden und reden, dass es einem schwindelig werden konnte.

Leider fing die Kamera nur die rechte Seite des Sees ein, die Richtung St. Moritz-Bad zeigte. Dazu kam, dass das Bild, wahrscheinlich aus Datenschutzgründen, nur im Gesamten zu betrachten war, nicht gezoomt werden konnte, und ein kleines braunes Ruderboot wäre somit kaum auszumachen gewesen.

Corina fing dennoch mit der Sichtung der Aufnahmen vom Vorabend an, sah wie der Sonnenuntergang im See ertrank, der später die Lichter des Dorfes auf seiner Oberfläche tanzen ließ. Auch wenn sie versuchte, den Kontrast des Flatscreens zu erhöhen, über die Nacht hindurch war auf dem See nichts zu erkennen. Erst als der Morgen über den Bergen anbrach und das Licht den Weg wieder zurück ins Tal fand, erkannte sie auf dem See die kleine Nussschale, die gar verloren wirkte. Doch woher diese gekommen war … Fehlanzeige. Dennoch bat sie den Verantwortlichen, die Aufnahmen auf einen Stick zu kopieren und ihr mitzugeben, sie würde ihn auf der Dienststelle der Forensik-IT übergeben, gut möglich, dass die noch ein paar technische Tricks auf Lager hatten.

Natürlich war es in der Zwischenzeit nicht unbemerkt geblieben, dass die Kriminalpolizei an der Anlegestelle des Segelklubs St. Moritz eine Tote aus einem Boot geborgen hatte, und als der Name des Opfers die Runde machte, konnte man das Getuschel beinahe durchs ganze Oberengadin hören: Anastassia Maranta, die schöne Tochter des ungekrönten Königs von St. Moritz, ist tot!

Corina saß um 15 Uhr in ihrem Büro, das sie mit Sonja Meier teilte. Sie hatte die Daten der Kamera bereits nach Chur transferiert und einige Telefonate gemacht, als ihr Chef Urs Capeder ins Büro platzte.

»Corina, du wirst es nicht glauben. Soeben haben wir mitbekommen, dass Dr. Rudolfo Maranta eine Million Franken Belohnung demjenigen versprochen hat, der im Fall seiner toten Tochter Licht ins Dunkle bringt. Sogar auf seiner Webseite hat er es veröffentlicht, und auch seine Anwältin hat es auf verschiedenen Social-Media-Kanälen platziert. Dies erst vor einer Stunde, und schon haben wir Anfragen von großen TV-Stationen, die hier logischerweise eine große Story wittern.«

»Der muss ja großes Vertrauen in mich haben«, erwiderte Corina trocken. »Aber vor allem lässt er nun einen Riesenwirbel los, bevor wir genau wissen, was überhaupt die Todesursache ist.« Und ergänzte: »Außer er weiß vielleicht doch mehr, als er zugibt.«

In diesem Moment klingelte ihr Telefon, sie blickte auf das Display. »Ach, als hätte die gute Frau es gehört«. Sie nahm den Anruf entgegen. Die Forensikerin aus Chur war dran. »Ja, Frau Dr. Kaspersky, ich höre, bin gespannt.«

Der Anruf dauerte keine Minute, denn wie immer hielt sich die 50-jährige Kaspersky kurz und bündig. Corina nickte nur mehrmals, als könnte man es in Chur sehen, dann schloss sie mit einem »Danke« das Gespräch ab und drehte sich Capeder zu.

»Also Urs, wir müssen nun doch in einem Mordfall ermitteln. Die zwar noch nicht abschließenden toxikologischen Befunde ergaben, dass Anastassia mit einer psychodelischen Substanz getötet worden ist, mit einer Überdosis.«

»Aber das könnte ja auch ein Selbstmord gewesen sein?«, wandte Capeder geistesgegenwärtig ein.

»Richtig. Doch ohne dass ich dazu meine Bedenken hätte anbringen müssen, hatte Kaspersky erwähnt, dass Anastassia Maranta nicht aus eigener Kraft ins Boot gestiegen sein kann. Das Opfer weist nämlich an drei Stellen am Körper entsprechende Reibspuren auf; an Kleidung und Haut, die deutlich dafür sprechen, dass jemand Anastassia im Boot platziert haben muss. Und«, sie hob die Hand, »da lebte sie noch, denn die Haut weist feinste Blutungen, verursacht durch die Schürfungen, auf, die nur im Labor zu bestätigen waren. Um das Ganze abzusichern, haben sie noch an Ort und Stelle das Boot mit Fluminol eingesprüht und unter Blaulicht auf dem Holz feinste Blutspuren und Hautschuppen gefunden. Auch wenn ein DNA-Vergleich noch aussteht, passen die zu dem kaum sichtbaren Verletzungsmuster des Opfers.

Wer auch immer die Tat zu verantworten hat, ließ die Sterbende im Boot mitten in der Nacht auf dem St. Moritzersee zurück.«

Capeder seufzte. »Ein Mord also! Und ich frage mich nun auch, ob dieser Maranta mehr weiß als wir, dass er so schnell diese Million als Belohnung aussetzte?« Er fuhr sich durchs schüttere Haar. »Willst du Maranta das mit dem Mord beibringen?«

»Wollen nicht, aber ich muss, auch wenn er von mir und somit unseren Ermittlungen offensichtlich nichts hält. Aber ich gehe persönlich vorbei. So was macht man nicht am Telefon.«

»Aber wie schon mal gesagt: Geh diesmal bitte mit Schuhen an den Füßen in den Palast des Königs. Der lange Franz soll dich fahren. Bist ja heute ohne Velo gekommen.«

»Ich könnte auch mein Dienstrad nehmen.« Corina meinte ihr zweites Velo, das immer vor der Dienststelle für sie bereitstand. Sie zwinkerte Urs zu, denn sie wusste, dass er wollte, dass sie sich fahren ließ.

Der lange Franz trug seinen Namen nicht zu Unrecht. Seine Beine waren zwei dürre Stelzen, die so lang waren, dass sie sogar bis zum Boden reichten, wie er lachend immer wieder selber anmerkte. Corina sagte es liebevoller; er sah aus wie der dünne lange Polizist in den alten Pippi-Langstrumpf-Filmen, die sie noch immer gerne schaute. Franz schien sich seiner Körpergröße von über zwei Metern zudem nicht immer bewusst zu sein, denn öfters schlug er sich den Kopf zünftig an, so auch diesmal beim Aussteigen aus dem Streifenwagen, mit dem sie zur Villa der Marantas gefahren waren.

Corina hatte sich nicht angemeldet. Sie klingelte und

blickte wie am Tag zuvor in die Kameralinse; diesmal öffnete Lorena Feuerbach persönlich.

»Allegra, Frau Feuerbach. Wir müssen mit Dr. Maranta sprechen«, kam Corina sofort auf den Punkt.

»Gibt's denn Neuigkeiten?« Feuerbach blickte auf Corinas Füße, dann von unten nach oben den langen Franz an, dessen spitznasiges Gesicht versuchte, grimmig zu wirken – vergeblich.

»Haben wir. Aber da Sie mit der Verstorbenen nicht verwandt sind, kann ich Ihnen dazu leider nicht mehr sagen.«

Feuerbach nickte und blickte nochmals auf Corinas Schuhe und danach auf die von Franz, denn er hatte Schuhgröße 56, so groß wie zwei Kanus. Es war offensichtlich, dass Feuerbach die beiden als ein gar seltsames Duo betrachtete.

Dr. Maranta beendete soeben ein Telefongespräch, als sie in sein Arbeitszimmer traten. Er wirkte noch distanzierter als tags zuvor, was in Anbetracht der Umstände nur verständlich war. Nicht jeder ging mit Schmerz gleich um. Mit einer Handgeste bat er die beiden, sich zu setzen. Feuerbach verließ leicht Hüfte schwingend den Raum.

»Nochmals mein tief empfundenes Beileid«, sagte Corina, und der lange Franz nickte.

Maranta wahrte Haltung, sagte aber nichts, doch seine Augen signalisierten, dass er es verstanden hatte.

Corina hob beide Hände hoch, die Handflächen zeigten zu Maranta. »Ich weiß, Sie möchten mich am liebsten vom Fall abziehen, dennoch habe ich neue Informationen, was die Umstände rund um den tragischen Tod Ihrer Tochter betreffen.«

»Ich höre.«

»Leider ist Ihre Tochter Opfer eines Verbrechens geworden. Eine Überdosis einer psychodelischen Substanz hat zu ihrem Ableben geführt.«

Maranta faltete die Hände, rieb kurz die Daumen aneinander, ehe er sagte: »Das habe ich schon befürchtet. Wie Sie sicherlich wissen, habe ich via der Familienanwältin eine Million Schweizer Franken als Belohnung ausgerufen für denjenigen, der mir den Schuldigen bringt oder Informationen, die zu ihm führen. Und Sie haben recht, ich traue Ihnen den Fall nicht zu. Es geht hier schließlich um nichts Geringeres als um meine Tochter.«

Franz räusperte sich. »Es ist nur mehr als verständlich, dass Sie so schnell wie möglich auf Aufklärung hoffen, und da sind Sie mit uns, der Kriminalpolizei, auf einer Line. Aber, darf ich Ihnen sagen, dass Frau Costa bei uns die beste Ermittlerin ist und sie genau deshalb mit diesem Fall betraut wurde. Ich kenne sie gut und schon einige Jahre. Sie wird alles tun, um für Gerechtigkeit zu sorgen. Wirklich alles.« Und er fügte an: »Aber auf ihre Art.«

Maranta blickte Franz an und drehte nun die Daumen umeinander. »Wir werden sehen. Wie ich weiß, haben Sie aber immerhin den Wagen meiner Tochter gefunden, richtig?«

Corina ging nicht auf Marantas Sticheleien ein, wertete sie als Ausdruck seiner Trauer, und antwortete: »Richtig, ordnungsgemäß abgestellt und verschlossen auf dem Parkplatz des Hotels Waldhaus am See. Seltsam finde ich, dass der GPS-Tracker im Wagen fehlt und dass Anastassia ihr Handy schon ausgeschaltet hat, bevor sie im Wagen am Samstag um kurz vor Mitternacht die Villa verließ. Es scheint mir so, als hätte sie sich vor jemandem verstecken wollen. Fällt Ihnen dazu etwas ein, irgendeine Ahnung, die Sie mit uns teilen wollen?«

»Dazu kann ich Ihnen nicht mehr sagen, als bereits beim

ersten Gespräch erwähnt: Meine Tochter wollte ja mit mir gestern Morgen über etwas Wichtiges reden, hat sich dazu aber sehr geheimnisvoll bedeckt gehalten. In Anbetracht der Umstände muss davon ausgegangen werden, dass es etwas damit zu tun hat, denn sie hatte ja explizit erwähnt, dass ich mit niemandem darüber reden soll. Das heißt doch was.«

Corina nickte. »Das denke ich auch. Bevor ich hierher kam, habe ich übrigens der Verkehrspolizei den Auftrag erteilt, alle Kameraaufnahmen von Tunnels, Autobahnen und so weiter nach dem Wagen Ihrer Tochter zu durchkämmen. Wir setzen in solchen Fällen ein Autokennzeichen-Screening ein, das mittlerweile sehr effizient ist. Damit erhoffen wir uns schnell rauszufinden, wohin Ihre Tochter in der Nacht auf Sonntag verschwunden ist, bevor ihr Wagen beim Waldhaus abgestellt wurde. Denn, wie wir nun wissen, starb sie erst heute Morgen, zwischen 2 und 3 Uhr in der Früh.«

Maranta schwieg, schien nachzudenken.

Corina griff nochmals den Faden auf: »Deshalb fragen wir uns, wo Anastassia sich zwischen Samstag- und Montagnacht aufgehalten hat. Wo und bei wem? Und ob sie freiwillig dort war. Tut mir leid, wenn ich so etwas ansprechen muss, aber um Licht ins Dunkel zu bringen, gehört dies leider dazu. Dem gehen wir nun also nach. Ich bitte Sie daher nochmals, mit uns zusammenzuarbeiten, das heißt, dass Sie, falls Sie Informationen erhalten, diese mit uns teilen, ja? Wir alle hier im Raum wollen Aufklärung, denn es geht, wie Sie richtig sagten, um nichts Geringeres als um Ihre Tochter.«

»Ist das alles?«

»Fürs Erste ja.«

»Gut. In Zukunft bitte ich Sie, sich direkt an meine Anwältin Frau Dr. Causevic zu wenden. Sie vertritt meine Interessen, nimmt Fragen entgegen und wird Ihnen diese nach Rücksprache mit mir zeitnah beantworten.« Er erhob sich als Zeichen, dass das Gespräch für ihn damit beendet war. Er drückte auf den Knopf neben sich, und Feuerbach betrat das Arbeitszimmer.

Corina und der lange Franz standen auf. Sie blickte dem einen Kopf größeren Rudolfo Maranta ins Gesicht, ein Gesicht, das einem subtil drohen konnte, ohne dass er ein Wort sagen müsste. »Herr Maranta«, sie ließ den Doktortitel bewusst weg, »an meinen nackten Füßen kann es diesmal ja nicht liegen. Woher kommt Ihr Misstrauen?«

»Ich sage es Ihnen, da Sie schon so höflich danach fragen: Sie wirken auf mich, als könnten Sie sich nicht mal selber finden, wenn Sie zur Fahndung ausgeschrieben wären. Und das gilt für Ihr gesamtes Team.« Er warf einen abfälligen Blick auf den langen Franz, der ihn überragte.

»Dann irren Sie sich.« Mehr sagte Corina nicht. »So, und nun machen wir uns wieder an die Arbeit.« Dann wurde ihre Stimme noch wärmer als sonst: »Ich wünsche Ihnen von Herzen viel Kraft wegen des Verlustes Ihrer Tochter.«

Sie erntete ein überraschend freundliches »Danke«. Der Mann schien tatsächlich zwei Gesichter zu haben. Das stimmte Corina nachdenklich.

Feuerbach geleitete sie hinaus, sagte am Lieferanteneingang: »Bitte, nehmen Sie es nicht allzu persönlich. Anastassia war, erst recht nach dem Tod seiner Frau, sein Ein und Alles. Auch wenn er es nicht zeigen kann, er geht gerade durch die Hölle.«

»Und Sie, was sind Sie für ihn?«, fragte Corina unumwunden, aber freundlich.

»Sie machen es einem wahrhaftig nicht leicht, was?«

»Sie meinen, es ist nicht leicht, mich gern zu haben?«

Corina schmunzelte. »Das ist nie mein Ziel, denn wer geliebt sein will, der macht sich damit bereits ungeliebt. Also?«

»Dr. Maranta und ich leben seit einigen Jahren in einer Partnerschaft zusammen.«

»Trotz des Eherings an seiner Hand? Ist das erfüllend?«

»Trotz des Rings an seiner Hand.« Sie lächelte. »Liebe findet ihren Weg von ganz allein.«

Am Abend machte sich Corina müde und wegen des traurigen Falls auch nachdenklich auf den Nachhauseweg. Sie hatte zuvor auf dem Polizeiposten noch mit ihrem Chef gesprochen. Urs hatte gesagt, dass Sonja Meier, Corinas Ermittlungskollegin, im Urlaub vom Fall gehört habe und sich bereits für morgen zum Dienst gemeldet habe. Deshalb sollen sie beide direkt in der Früh nach Zürich fahren, um nach Spuren oder Hinweisen in Anastassias Wohnung zu suchen. Die Kollegen der Kantonspolizei Zürich seien bereits informiert.

In Gedanken versunken schob Corina ihr altes Fahrrad, das sie am Morgen in aller Eile in Pontresina abgestellt hatte, um 19:30 Uhr zum Hof hoch.

Kurz vor der stabilen Umzäunung ihres Berghofes beschlich sie ein seltsames Gefühl. Es war die Art, wie die Tiere sofort schon von Weitem nervös an den Zaun eilten. Außerdem lag ein seltsamer Geruch in der Luft.

Als sich die Tiere um sie scharten und sie sie begrüßte, wusste sie sofort, dass etwas passiert sein musste. Fred fehlte. Sie fragte sich, ob der Wolf oder Fuchs gekommen war oder ob einer dieser verantwortungslosen Hundebesitzer sein Tier nicht im Griff gehabt hatte, sodass dieser kläffend am Zaun entlang ihre Tiere verängstigt und sich Fred deshalb im Bau verkrochen hatte.

Doch in diesem Moment kam das Murmeltier auf sie zugelaufen, nicht aus seinem Bau kommend, sondern vom Hof aus den Hang hinunter. Er wirkte verängstigt. Als sie ihn hochhob, stach ihr sofort der Geruch von Benzin in die Nase. Sie erschrak, denn jemand hatte sein Fell damit getränkt.

Sie blickte sich um, doch da war niemand. Sie setzte Fred auf den Boden, versuchte ihn mit Worten zu beruhigen. Sie trug ihre Glock noch immer unter dem dünnen Holzfällerhemd umgeschnallt. Sie griff nun zur Waffe, während sie zum Haus hochlief. Fred folgte ihr auf Schritt und Tritt.

Ein Benzinkanister stand direkt an der Wand des Hauses, darauf lag eine zur Hälfte aufgezogene Schachtel Zündhölzer – eine unmissverständliche Botschaft! Sie überprüfte die Haustür und die Fenster, umrundete das Haus und kontrollierte den Stall. Eingebrochen war niemand.

Corina blieb danach vor der Haustür stehen und nahm Fred wieder auf die Arme. Sie blickte sich nochmals um und fragte sich, wem sie derart auf die Füße getreten war, dass er ihr zutrauliches Murmeltier mit Benzin übergossen und ihr einen vollen Kanister vors Haus gestellt hatte, ihr damit mit dem Feuerteufel drohte.

Diese Gedanken brachten sie vorerst nicht weiter. Sie ging ins Haus und holte Backpulver aus der Küche und einen Eimer voll mit Wasser und wusch damit sorgfältig Freds Fell, während sie ihm beruhigende Lieder vorsang. Sie musste sich zusammenreißen, denn Traurigkeit überkam sie beim Anblick ihres Murmeltiers. Dass jemand so was nur schon denken konnte, ein Tier anzuzünden! Wie grausam!

Sie nahm sich viel Zeit und wiederholte die Prozedur, bis der Geruch endlich nachließ. Danach rief sie ihren Chef Urs an, der sich ebenfalls erschrocken zeigte. Er schickte ihr umgehend einen Kriminaltechniker hoch, der den Kanister abholte, um ihn auf Spuren hin zu untersuchen, wobei sie sich beide sicher waren, dass keiner so blöd war, darauf Fingerabdrücke zu hinterlassen, doch Fehler konnten passieren und, wer weiß, vielleicht fand man raus, wem der Kanister gehörte oder wo er gekauft worden war.

Mittlerweile war die Dämmerung angebrochen.

Corina beschäftigte die Frage, was wäre, wenn die Drohung in die Tat umgesetzt würde? Ihre Tiere waren wie eine Familie für sie, ihr Hof ihr Zuhause, das sie von ihrer Mutter vererbt bekommen hatte. Dieser Hof verband sie seit jeher eng mit ihrer Mutter, auch wenn sie nie wieder den Keller betreten hatte, in dem sie ihre Mutter damals aufgefunden hatte. Dieser Benzinkanister war ein Angriff auf ihr Herz, von jemandem, der sie kannte, wusste, wie sehr ihr Fred am Herzen lag.

Sie saß an diesem Abend noch lange draußen und wusch Fred nochmals so gut es ging. Danach kuschelte der liebe Kerl sich nah an sie, die Vertrautheit schien bei beiden den Schrecken zu vertreiben.

8

Mittwoch

Am nächsten Morgen kam um 6:45 Uhr ein Polizeiaspirant am Berghof angefahren, um diesen in Corinas Abwesenheit zu überwachen, denn die Drohung vom Abend zuvor musste man sehr ernst nehmen.

Corina stand wenig später wie abgemacht um 7 Uhr unten im Dorf Pontresina vor dem Haus von Sonja Meier. Sonja setzte sich gleich ans Steuer ihres weißen Skodas, in dem sie sich an diesem schönen Sommermorgen auf den weiten Weg nach Zürich aufmachten, um dort Anastassias Wohnung unter die Lupe zu nehmen. Mindestens zweieinhalb Stunden Fahrt lagen vor den beiden Ermittlerinnen.

Sie befanden sie erst auf der hinteren Seite des Julierpasses, als Corina einen Anruf auf ihrem Handy bekam. Die Verkehrspolizei Graubünden war in der Leitung. Dass Anastassia Maranta in der Samstagnacht so spät unterwegs gewesen war, habe der Verkehrsüberwachung die Arbeit erleichtert, sagte die Beamtin, das Kennzeichen sei vom System im spärlichen Verkehr schnell erkannt worden.

Corina war gespannt. Sie erfuhr, dass Anastassia nach dem Verlassen der Tiefgarage der Villa Chantarella am Samstag um 23:17 Uhr direkt über den Julierpass und ohne längeren Halt weiter nach Chur gefahren sein musste. Ihr Wagen wurde nämlich zuerst bei Thusis und 20 Minuten später um 00:34 Uhr beim Verlassen des Autobahnanschlusses Chur Süd von den Kameras erfasst, bevor sie in der 40000 Einwohner zählenden Hauptstadt Graubündens verschwand. Die Aufnahmen erfolgen jeweils von der Front, daher sei durch die Frontscheibe zu erkennen, dass nur eine Person vorne im Wagen saß. Ob es sich dabei aber tatsächlich um die Gesuchte handelte, das würden die Bilder leider nicht zeigen, denn die Lichtverhältnisse waren bei Nacht zu schlecht. Für eine bessere Qualität hätte ein Blitz eingesetzt werden müssen, so wie bei einer Radaranlage.

»Wann und auf welchem Weg ist sie nach St. Moritz zurückgekehrt?«, wollte Corina wissen.

»Der Wagen tauchte erst wieder in der Nacht auf Dienstag im Domleschg auf. Diese Kamera erfasste das Fahrzeug um 00:19 Uhr, aber, weil er sich auf der Rückfahrt befand, diesmal nur von hinten«, sagte die Beamtin. »Das Kennzeichen wurde zwar erkannt, doch wer am Steuer saß oder wie viele Personen sich insgesamt im Wagen befanden, das liegt daher im Verborgenen. Ich vermute, die Frau hat sich in den beiden Tagen in Chur aufgehalten und ist auf dem Rückweg ins Engadin über die alte Straße Richtung Thusis gefahren und wurde daher nicht wie bei der Hinfahrt auch beim Autobahnanschluss Chur Süd erfasst.«

Corina bedankte sich für die Infos, beendete das Gespräch und rechnete kurz nach: Anastassia musste demnach ungefähr um 01:30 Uhr wieder zurück im Engadin gewesen sein. Hatte sie sich möglicherweise erst dann mit ihrem Mörder getroffen, eventuell sogar ein Treffen vereinbart gehabt, oder was war ihr Ziel gewesen? Und warum parkte ihr Wagen danach beim Hotel Waldhaus am See?

Sie blickte zu Sonja rüber, die über die Freisprecheinrichtung alles mitgehört hatte, und sagte zu ihr: »Mir scheint, dass Anastassia nicht wollte, dass man erfährt, wen sie in Chur getroffen, bei wem sie sich die beiden Tage aufgehalten hatte. Sie musste demnach vor jemandem auf der Hut gewesen sein, und das offensichtlich nicht zu Unrecht.«

»Corina, das denke ich auch. Wer weiß, vielleicht finden wir gleich in ihrer Wohnung in Zürich weitere Hinweise?«

Da der Schlüsselbund von Anastassia Maranta fehlte, hatten sie sich in Zürich vor dem Wohnhaus mit einem Mitarbeiter der Liegenschaftsverwaltung verabredet, um den Zweitschlüssel in Empfang zu nehmen. Ein Duo der Kantonspolizei Zürich war ebenfalls vor Ort, da sich die Wohnung auf deren Hoheitsgebiet befand.

Corina war froh, dass Sonja sie in die Stadt begleitete, die diese so gut kannte wie Corina das Oberengadin, denn Sonja hatte dort ein paar Jahre als Beamtin gearbeitet, und so kannte sie auch die beiden unterstützenden Kriminalbeamtinnen vor Ort.

»Die schwimmen aber echt im Geld«, sagte Sonja mit Blick auf das vierstöckige Gebäude mit Seeanschluss, in dem nur zwei Parteien wohnten. Eine Kirchenglocke schlug in diesem Moment 10 Uhr.

Eine geschlagene Stunde durchsuchten sie zu viert die zweistöckige Wohnung zuoberst, stießen dabei aber nicht auf die Hinweise, die zu finden sie sich erhofft hatten.

Mit einem letzten Blick auf den Zürichsee stand Corina nachdenklich am Fenster im Wohnzimmer. Sie fühlte eine tiefe Befangenheit in der Stille dieser luxuriösen Wohnung. Arme reiche Leute, dachte sie, dann verließ sie das Gebäude.

Corina war heilfroh, als Sonja sie endlich aus dem Großstadtdschungel gefahren hatte und sie auf die A3 auffuhren, die sie wieder Richtung Chur, in die Berge brachte, die hinter der Linthebene endlich vor ihr auftauchten.

Kurz zuvor hatte sie jedoch noch mit Blick auf den in der Mittagshitze glitzernden Zürichsee zu ihrer Linken einen Anruf von Dr. Kaspersky erhalten, die sie darüber informierte, dass sie dringend und wenn möglich unter vier Augen mit ihr sprechen müsse.

Als Corina ihr sagte, dass sie sich gemeinsam mit Sonja auf der Rückfahrt von Zürich ins Engadin befinde und in zirka einer Dreiviertelstunde sowieso in Chur ankäme, sagte Dr. Kaspersky nur, dass ihr dies sehr gelegen komme, doch sie ließ sich nicht in die Karten blicken.

Corina war verwundert darüber, denn Dr. Kaspersky war keine, die um den heißen Brei redete. Etwas Außergewöhnliches musste also passiert sein. Daher grübelte sie mit Blick auf die vorbeiziehende Linthebene darüber, was die Forensikerin ihr wohl zu sagen hatte, das nur für ihre Ohren bestimmt war?

In Chur kamen sie um 12:30 Uhr an. Sie fuhren direkt hoch zum Kantonsspital, das im Hang über Chur stand und wie immer aussah wie eine einzige Baustelle, weil es ständig erweitert wurde.

Als sie die kühle Leichenhalle betraten, vom hellen Sonnenschein ins künstliche Licht eintauchten, steigerte sich Corinas Verwunderung noch weiter, als Dr. Kaspersky darum bat, Sonja Meier möge bitte in der Cafeteria einen Kaffee trinken gehen. Danach bat die spindeldürre Forensikerin Corina mit einer Handbewegung in ihr Büro und zog die Glastür hinter sich zu, als könnten die Toten auf den Seziertischen die beiden sonst belauschen.

»Was ist passiert?«, wollte Corina wissen.

»Wie lange kennen wir uns?«, fragte Dr. Kaspersky. Ihr Dutt aus hellbraunem Haar saß wie immer perfekt. Ihre kühle Zurückhaltung wirkte vornehm. Der chemische

Geruch ihres Parfüms blieb gewohnheitsbedürftig und genauso einzigartig.

»Müsste ich nachrechnen, sieben Jahre so Pi mal Daumen«, wobei *kennen* ein viel zu großes Wort war, dachte Corina, denn Kaspersky lebte in ihrer eigenen Welt, so wie Corina ja auch, und sie hatten auch noch nie ein privates Gespräch geführt, denn so was machte eine Kaspersky nicht.

»Richtig, und in dieser langen Zeit hört man ja von den Kollegen das eine oder andere, so weiß ich auch von dem furchtbaren Schicksal, das Sie mit Anastassia teilen. Eure beiden Mütter haben sich das Leben genommen. Das tut mir wirklich leid.«

»Schon gut, ist lange her, und natürlich ist mir dieser Zusammenhang im Fall Anastassia Maranta ebenfalls bewusst«, sagte Corina und fragte sich, worauf Kaspersky hinauswollte.

»Sie wuchsen ohne Vater auf, richtig?«

»Ja.«

»Wissen Sie denn, wer Ihr Vater ist? Ich weiß, meine Fragen sind persönlich, aber ich stelle sie aus gutem Grund.«

»Davon gehe ich aus. Aber nein, ich weiß tatsächlich nicht, wer mein Vater ist, habe ihn nie zu Gesicht bekommen. Offen gesagt, bin nicht mal sicher, ob meine Mutter es wusste, denn sie wollte oder konnte den Namen nie preisgeben, nahm das Geheimnis mit in die Ewigkeit. Aber sagen Sie mir doch bitte endlich, warum Sie mich das alles fragen?«

»Aufgrund der DNA-Analyse von Anastassia Maranta muss ich Ihnen mitteilen, dass Sie beide Halbschwestern sind!«

Wie ein Donnerschlag in den Bergen, der aus dem hellheiteren Himmel kommt, krachte die Nachricht auf Corina nieder, die glaubte, sich verhört zu haben. »Wie bitte?«

»Ich habe es zwei Mal überprüft. Es stimmt. Sie beide sind Halbschwestern. Damit ist mir nun auch klar geworden, warum Dr. Maranta mit aller Macht versuchte, uns den Fall zu entziehen. Der wusste, dass wir das rausfinden würden. Deshalb wollte er ein anderes Institut für die Obduktion seiner Tochter beiziehen, um diese Verbindung zu vertuschen.«

Corina machte ungläubige Augen. Anastassia soll ihre Halbschwester sein, das würde ja bedeuten, dass …

»Frau Costa, Ihre DNA-Daten sind ja in der Datenbank registriert, und als ich die von Anastassia durch die Datenbanken jagte, kam ein Match mit denen von Ihnen zustande. Zweifellos sind Sie und Anastassia Maranta Halbschwestern, und da ihr unterschiedliche Mütter habt, muss Dr. Maranta Ihr Vater sein.«

Corina rechnete nach. »Aber dann wäre er damals ja erst 20 gewesen?« Sie konnte es nicht fassen.

»Und Ihre Mutter, wie alt war sie bei Ihrer Geburt?«

»… 20.«

»Sehen Sie? Meine Pflicht habe ich somit getan. Die weitere Klärung diesbezüglich überlasse ich Ihnen. Und nun noch zu weiteren Details zum Mordfall, ja?«

Wir durch einen Schleier hörte Corina, dass Anastassia keine physische Gewalt angetan worden war. Der Tatbestand blieb aber Mord, eine Überdosis von einer heimtückischen Mischung psychodelischer Drogen hatte zu einem Atemstillstand und letztlich zu Herzversagen geführt.

Corina traf in der Cafeteria auf Sonja. Diese streckte ihr einen Becher Kaffee und ein Sandwich entgegen. »Ups, hast du Geister gesehen, oder was ist passiert?«, fragte Sonja und verzog das Gesicht.

Corina schüttelte nur den Kopf, trank den lauwarmen Kaffee in einem Zug aus und ging voraus zum Wagen.

Sonja, nun sichtlich besorgt, eilte ihr hinterher. »So schlimm?«

Corina blieb plötzlich stehen. »Ich weiß nun, wer mein Vater ist.« Sie hatte mit Sonja kurz mal über ihre familiäre Situation gesprochen, keine große Sache daraus gemacht, es nur am Rande erwähnt. Doch sie wusste auch, dass ihre tragische Geschichte immer wieder die Runde machte, zum Thema wurde, erst recht wieder wegen dieses Falls.

»Echt jetzt? Einfach so?«

»Echt jetzt, und es ist, und nun halt dich fest: Dr. Rudolfo Maranta.«

»Was?!«

Sonjas Verwunderung wäre nicht größer gewesen, wenn Corina gesagt hätte, dass E. T. der Außerirdische ihr Vater sei.

Corina nickte. »Unfassbar, ich weiß. Sorry, ich muss das kurz mal sacken lassen.« Sie stieg vor lauter Aufregung auf der Fahrerseite ein und gleich wieder aus, um auf dem Beifahrersitz Platz zu nehmen.

Während sie die Stadt in Richtung Süden verließen, schossen die Gedanken nur so durch Corinas Kopf, wie in einem Flipperkasten mit zehn Kugeln. Viele Jahre hatte sie sich immer und immer wieder gefragt, wer ihr Vater sein könnte, hatte sich ihn vorgestellt, als sie im Teenie-Alter war, dann in der Schule, wenn die anderen Väter ihre Töchter so stolz anschauten, da fühlte sie diesen Schmerz, dass etwas fehlte. Sie fühlte sich einfach nicht komplett, ohne zu wissen, woher sie kam. Doch ihre Mutter wiederholte es immer wieder wie ein Mantra: »Es tut mir wirklich leid, aber ich weiß es nicht und kann es dir deshalb auch nicht sagen.«

Und nun erfuhr sie es ausgerechnet in einer Leichenhalle. Als wäre dies nicht genug, soll ihr Vater auch noch der ungekrönte König des Engadins sein. Sie mochte den Mann etwa so gern wie er ein fettes Minus auf all seinen Konten! Als spielte das Schicksal gerade Katz und Maus mit ihr, kam sie so zu einer Halbschwester, die aber ermordet worden war und deren Täter ausgerechnet sie nun jagen musste. Die Welt war doch verrückt geworden.

Plötzlich tauchte da dieser eine furchtbare Gedanke in ihrem Kopf auf: Konnte es sein, dass ihre Mutter damals von Rudolfo vergewaltigt worden war? Sie ihr deshalb nie sagen konnte, wer ihr Vater war, weil sie es vielleicht tatsächlich selber nicht wusste, weil es vielleicht im Dunkeln geschehen war, aus einem Hinterhalt heraus? Es wäre nicht das erste Mal, dass erst viele Jahre später per DNA-Analyse mittels Zufallstreffer eine schreckliche Tat aufgeklärt, ein Täter überführt werden konnte. Es musste ja seinen Grund haben, warum ihre Mutter nichts darüber sagen wollte, und Corina hatte es im Gesicht ihrer Mutter gesehen, dass da etwas war. Doch was? Was war der wahre Grund für ihr Schweigen gewesen? Wollte sie ihr nicht sagen, dass sie die Tochter eines Vergewaltigers war? Diese Vorstellung, das musste Corina zugeben, war schlimm. Aus einem Verbrechen heraus gezeugt worden zu sein.

Während der eineinhalbstündigen Fahrt von Chur zurück ins Engadin entschied Corina, diese Bürde nicht mit auf ihren Berghof zu nehmen. Sie wollte Maranta sofort konfrontieren. Es zerriss sie beinahe bei diesem Gedanken, und sie glaubte, der Boden unter ihrem Füßen wanke.

Sonja fuhr sie hoch zur Villa, zum Lieferanteneingang. Corina bat sie, nicht zu warten, sie fände den Weg nach Hause danach schon selbst. Es war ja erst 15 Uhr.

Und wieder empfing Rudolfo Maranta sie in seinem Arbeitszimmer. Doch noch bevor er etwas sagen konnte, musste er an ihrem Blick erkannt haben, dass erneut etwas Ungeheuerliches geschehen sein musste. Er erhob sich aus seinem Sessel und bat Lorena Feuerbach, die Corina hierher begleitet hatte, draußen zu warten, was diese, ohne es mit einer Miene zu quittieren, akzeptierte.

Dann herrschte für einen langen Moment Stille zwischen Corina und Maranta. Die beiden standen sich wie bei einem Duell gegenüber, wenn auch im Abstand von nur zwei Metern. Corina starrte hoch in sein Gesicht, suchte sich darin. Der Geruch des teuren Leders und der von der Zigarre, die er vor Kurzem geraucht haben musste, lagen in der Luft.

Corina übernahm nach einem langem Atemzug das Wort. In ihren Gesichtszügen spiegelten sich Verunsicherung und Verzweiflung wider. Ihre buschigen Augenbrauen hatten sich etwas zusammengezogen, ihre Stirn war gefurcht. »Unsere Forensikerin Frau Dr. Kaspersky ist die Beste in ihrem Fach und lässt sich von nichts und niemandem beeinflussen. Sie hat auch in diesem Fall ihre Arbeit bisher gewissenhaft getan.« Corina musste ihre Hände etwas anspannen, um das Zittern zu unterdrücken. Sie versuchte bewusst den Boden unter ihren Schuhen zu spüren. »Die DNA-Analyse von Anastassia hat ergeben, dass sie meine Halbschwester ist.« Sie rang mit einem Atemzug kurz um Fassung. Sie schaffte es nicht, das Wort »Vater« in den Mund zu nehmen, denn er war ihr so fremd wie der Raum, in dem sie standen, in dem das ganze Elitäre dieser mächtigen Familie sich zeigte, und zwar auf diese diskrete Art, die ihr nur noch unheimlicher erschien als die, die sich protzig zur Schau stellte. Aufgebracht und mit einem dicken Kloß im Hals, der sie leicht heiser werden ließ, sagte sie entrüstet: »Wie kann das wahr sein? Was haben Sie meiner Mutter damals bloß angetan? Sie hat mir nie ein Wort darüber sagen wollen!«

Rudolfo nickte mehrmals, strich sich mit der rechten Hand dabei über seinen perfekt getrimmten kurzen Bart und sagte dann in überraschend sanftem Ton: »Gehen wir spazieren. Hier drin können wir nicht über das Davor reden.«

Corina nickte, so verschaffte sie sich Zeit, um sich etwas zu sammeln. Er ging zu einem Safe, drückte ein paar Zahlen, nahm etwas heraus und steckte es in die Innentasche seines Sakkos.

Sie verließen schweigend die Villa. Dahinter führte sie ein schmaler Weg den Berg hoch bis zu einer Parkbank, auf die er sich setzte, Corina daneben, so, dass noch zwei Leute dazwischen Platz gefunden hätten.

Er blickte geradeaus. »Ich habe schon damit gerechnet, dass du eines Tages zu mir kommen und mich genau das fragen wirst. Denn jeder möchte doch wissen, woher er wirklich kommt.« Dann blickte er sie von der Seite an. »Ich will dir daher die Antworten geben.«

Corina schluckte, nickte, und er begann zu erzählen.

»Ich war damals 20, deine Mutter auch, als wir uns kennenlernten. Sie war kurz zuvor vom Unterland hier hochgezogen, nachdem sie sich mit ihrer Mutter, deiner Großmutter, hoffnungslos verkracht hatte. Doch Everita war ja nun volljährig und wohnte bereits auf diesem alten Hof oberhalb von Pontresina, als wir uns über den Weg liefen und uns Hals über Kopf in eine feurige Beziehung stürzten.«

Corina konnte kaum glauben, was sie da hörte. Ihre Mutter war ein Freigeist gewesen, trug nur Kleider aus den Siebzigern, war ein Hippie der Berge, wie sie lachend selber immer wieder sagte, und dem blieb sie treu bis zu ihrem Tod, der sie viel zu früh, mit 38 Jahren, ereilte.

Rudolfo fuhr fort: »Ich wollte damals ausbrechen, mein Vater war sehr streng, mein Weg als einziger Sohn daher bereits vor meiner Geburt vorgespurt: Schule, Ausbildung, einfach alles war schon entschieden worden. Und da kam deine Mutter wie der Frühlingswind in ein dunkles Tal geweht und wirbelte mich und mein Leben gehörig durcheinander, als käme ich erst in die Pubertät, was ja irgendwie sogar stimmte.« Er blickte verklärt über das Tal und den St. Moritzersee. »Es war mit die beste Zeit in meinem Leben.« Er machte eine Pause. »Und dann wurde sie schwanger. Ich versprach ihr sofort, dass ich sie heiraten werde, ihr das beste Leben bieten könne, doch von da an änderte sich einfach alles, erst allmählich, und dann gab's einen Knall.«

»Wieso?«

»Wir fühlten, dass die Leidenschaft, die in uns entbrannt war, nur so frei und lebendig war, weil sie an nichts gebunden war. Als deine Mutter mit dir schwanger wurde, da wurde klar, dass sie in meiner Welt nicht würde leben wollen und können, und ich nicht auf dem Berghof. Wir waren zu verschieden, aber in dem Moment, als wir uns als gestrandete Seelen begegnet waren, hat es uns beide vor dem Ertrinken bewahrt und uns danach beiden den Weg gezeigt, den jeder von uns gehen wollte.«

Diese Worte und die Art und Weise, wie er sie sagte, passten nicht zu dem Mann in dem silbergrauen Maßanzug, den Corina aus dem Arbeitszimmer kannte. Sie fragte: »Und weiter? Ich meine, ihr hättet euch doch arrangieren können, das Sorgerecht teilen …«

»Mein Vater Wolfgang sah in deiner Mutter eine abgedrehte Hippie-Braut, eine verrückte Aussteigerin, die auf den Anhöhen der Berge ihre Trommel schlägt und Lieder singt, als wolle sie die Berggeister rufen. Das war damals eine andere Zeit, erst recht für so einen engstirnigen Mann. Auf jeden Fall glaubte er, dass es alles andere als gut wäre, wenn rauskommen sollte, dass ich, ein Maranta, mit Rainbow, wie deine Mutter ja genannt werden wollte, ein uneheliches Kind habe. Er hatte, so denke ich, auch Angst vor allfälligen Ansprüchen, Erbansprüchen.«

»Und Sie haben das alles gutgeheißen?«

»Nein, so war es nicht. Aber lass mich bitte weitererzählen. Erst forderte mein Vater die Abtreibung des Kindes, bot deiner Mutter eine große Summe. Doch sie und ich wehrten uns dagegen. Ich sagte ihm, dass das für uns beide nicht in Frage kam. Mein Vater hat damals viel Druck auf uns ausgeübt, Rainbow und ich waren erst 20, es wurde unschön, mein Vater perfid. Er forderte, dass meine Vaterschaft für immer geheim bleiben müsse. Er benahm sich wie ein Poltergeist. Nachdem dies so lange ging, bis deine Mutter im vierten Monat schwanger war und schon ein schönes kleines Bäuchlein trug, sagte sie mir eines Tages unter vier Augen: ›Dein Vater wird unser Kind immer ablehnen, und daher möchte ich nicht, dass es jemals auch nur in seine Nähe kommt. Wir werden nie in Frieden eine Lösung finden. Es gibt kein Leben, in dem wir beide und unser Kind Platz finden.‹ So wurde Stillschweigen vereinbart. Deine Mutter bekam von meiner Familie die nötigen Mittel zugespielt, sodass sie den Hof kaufen konnte und gleichzeitig der Unterhalt für sie und das Kind sichergestellt war. So ermöglichte mein Vater wenigstens, dass deine Mutter ihren Traum vom eigenen Hof verwirklichen konnte und alle Zeit hatte, dich großzuziehen. Im

Gegenzug musste sie unterschreiben, sich von meiner Familie fernzuhalten, keine Ansprüche zu stellen und die Vaterschaft geheim zu halten, vor allem auch dir gegenüber, damit später keine Erbansprüche geltend gemacht werden konnten. Ansonsten wäre der Hof wieder weg und, na ja, deine Mutter hatte meinen Vater ja kennengelernt. Glaub mir, den willst du nicht zum Feind haben … er ist übrigens mittlerweile 85 und bewohnt in einem unserer Luxushotels eine riesige Turmsuite. Und noch immer ist er derselbe geblieben.«

Corina wusste nicht so recht, ob sie dies alles glauben konnte. Es tönte zwar plausibel und würde erklären, warum ihre Mutter auch ihr gegenüber stets eisern geschwiegen hatte, aber es war gleichzeitig auch so unfassbar.

»Also haben Sie das doch einfach so hingenommen? Ihrem Vater brav gehorcht.«

»Nein, wie gesagt, es vergingen Wochen des Streits, der Auflehnung, aber du musst verstehen, mein Vater schien mir damals übermächtig, und ich glaubte wirklich am Ende, dass es so besser war für alle. Und für dich und deine Mutter wurde ja finanziell sehr gut gesorgt. Also hielt ich mich an die Abmachung. Also fast.«

Corina warf ihm einen fragenden Blick zu.

»Ich sah deine Mutter erst zehn Jahre später wieder, als sie und ich 30 wurden. Ich ging bei Nacht und Nebel hoch auf den Hof. Da warst du zehn Jahre alt … du schliefst friedlich in deinem Bett.« Nun musste er sich kurz sammeln. Die Gefühle schienen ihn beinahe, wenn auch nur für zwei Sekunden zu übermannen, ehe er fortfuhr. »Da du ja meine Tochter bist und ich dir später irgendwie zeigen wollte, dass du mir wichtig bist, habe ich über eine Strohfirma ein Konto für dich angelegt, auf dem heute zwei Millionen Schweizer Franken für dich liegen.« Er hob entschuldigend die Hände. »Ich weiß, es ist nur Geld, aber manchmal ist man so arm, dass man nur das zu verschenken hat. Dieses Geld hätte dir deine Mutter an deinem 20. Geburtstag übergeben sollen. Ich hatte mit ihr abgemacht, dass sie dir dann erklärt, wie es tatsächlich damals war, dass es eine schöne und ebenso tragische Liebesgeschichte war, aus der du entstanden bist, dass zwar die Vaterschaft für immer geheim bleiben müsse, aber ich dir mit dieser Zahlung auf eine ungewöhnliche Weise sagen will, dass ich dich …« Nun stockte er erneut, blieb aber emotional gefasst. Corina ließ ihm Zeit. »Ich habe dich als Kind einige Male heimlich gesehen. Deine Mutter wusste nichts davon, denn es war, als du in Pontresina in die Primarschule gingst.« Plötzlich glitzerte eine Träne in seinen Augen, und Corina blickte den Mann an, der ihr so fremd war und doch ihr Vater sein sollte, und ihr nun solch Persönliches erzählte. Er lachte etwas verhalten. »Du warst so laut und lebendig auf dem Pausenhof, und einmal sind wir uns, wenn auch nur für einen kurzen Moment, sogar gegenübergestanden.« Er nickte vielsagend. »Ja, das war, als du Fußball mit ein paar Jungs gespielt hast und der Ball zu mir flog. Ich habe ihn dir sogar in die Hand gedrückt … deine Augen habe ich niemals vergessen, es war ein Moment, der mich sehr beschenkt hat.«

Corina stützte ihre Ellbogen auf die Knie und vergrub ihr Gesicht in den Händen. Das alles konnte doch nicht wahr sein. Redete da derselbe Mann wie in der Villa?

»Übrigens, deinen Namen, den haben deine Mutter und ich gemeinsam ausgesucht.«

»Und als Mama starb?«

Wieder nahm er einen langen Atemzug und setzte sich aufrechter hin, sein Blick schweifte erneut über das Tal. »Das war schlimm, wirklich schlimm, und hat mich wie ein Berg aus Schuldgefühlen zu erdrücken gedroht. Ich erfuhr es leider erst eine Woche nach der Beerdigung, und ich musste mich zwingen, nicht zu dir auf den Hof zu kommen, wollte dir am liebsten beistehen, doch deine Mutter hatte mir nur wenige Wochen zuvor einen Brief geschrieben, als hätte sie ihren Tod kommen sehen.« Er griff in die Innentasche seines Sakkos und nahm einen Briefumschlag hervor und reichte diesen Corina, die nicht wusste, wie ihr geschah.

Ihre Finger zitterten, als sie den Brief auffaltete.

Allegra, lieber Rudi,

lange, lange ist es her, seit wir uns zuletzt begegnet sind. Damals war Corina erst zehn Jahre alt, und nun wird sie bald volljährig, und noch immer muss ich dieses Geheimnis für mich behalten. Ich weiß natürlich, dass du nun eine Familie hast, sogar eine kleine Tochter, die Anastassia. Ich mag dir dein Glück von Herzen gönnen, und werde nicht in dein Leben einbrechen, wie es dein Vater damals befürchtet hat, nur damit ich irgendwie an das Erbe komme. So ein Unsinn, aber das weißt du ja selber …

Was uns betrifft: Es ist nun mal so gekommen, wie es ist, und dabei hast du mir das größte Geschenk meines Lebens gemacht: Corina! Eine bessere Tochter kann man sich nicht wünschen, und das Leben mit ihr auf dem Hof ist wundervoll. Ich habe sie zu großer Selbständigkeit erzogen. Sie hat natürlich oft gefragt, wer ihr Vater ist, vor allem in der Zeit der Pubertät war es hart für sie und für mich. Aber auch jetzt, wo sie volljährig geworden ist, fällt es mir oft schwer, es ihr nicht sagen zu dürfen, denn ich befürchte, sie glaubt, dass ich damals, wie auch immer, unfreiwillig schwanger geworden bin.

Aber wir wissen ja beide, dass wir auch heute nicht in der Welt des anderen leben wollen – oder willst du etwa mit einer singenden Bergkräuterhexe, die in den Siebzigern stehen geblieben ist, dein Leben verbringen? Hühnerstall ausmisten, die Tiere füttern? Und ich will genauso wenig in dieser Schickimicki-Welt leben, in diesen Prunkbauten … es wäre ganz furchtbar. Diese mondäne scheinheilige Bussi-Bussi-Gesellschaft …

Aber der Grund, wieso ich dir eigentlich schreibe, ist der: Corina wurde vor zwei Wochen 18, wie du weiß, ist somit nun volljährig, und ich bitte dich eindringlich, dich ihr auch jetzt nicht zu nähern. Ich habe große Angst um sie, um ihr gutes und starkes Herz … du weißt, … dein Vater, das Ungeheuer. Auch das Geld, du weißt welches, soll sie nicht von dir bekommen, denn sie ist wie ich, sie braucht anderes zum Leben, und das hat sie bereits. Die Natur ist immer kostenlos, sogar für die Reichen. Und was mich betrifft: Ich habe übrigens auch nur das Geld gebraucht, das ich zum Leben als alleinerziehende Mutter gebraucht habe, mal abgesehen vom Kauf des Hofes, wofür ich mich ja bedankt habe, denn ein Zuhause brauchte ich damals für sie und mich. Den Rest der sehr großzügigen Zuwendungen möchte ich dir noch zurückgeben.

Aber, sollte aus welchem Grund auch immer der Tag doch kommen, an dem du mit ihr über das alles reden musst oder willst, so sag ihr, dass sie aus einer wunderschönen Liebe entstanden ist. (Zeig ihr diesen Brief.) Einer Liebe zwischen zwei suchenden Menschen aus zwei sehr unterschiedlichen Welten. Sag ihr, dass sie von uns beiden gewollt war und dass man nicht alles verstehen muss, um zu glauben, dass wir uns beide für SIE *entschieden haben. Wir waren ja damals noch so jung und doch so voller Liebe. Corina ist und bleibt unser Kind, aber halt sie von den Marantas fern, ich habe gesehen, in welcher Welt du lebst, die hat mehr Zähne als alle Wölfe der Welt zusammen.*

Lieber Rudi, ich grüße dich ein letztes Mal, du hast nun eine kleine Familie, und Familie ist heilig, ich werde also weiter schweigen, und das für immer.

Rainbow

Corina strömten die Tränen nur so über ihr gebräuntes Gesicht, denn sie kannte diese Handschrift. Der Brief war nur Wochen vor Mamas Tod geschrieben worden.

Und nochmals griff Rudolfo in sein Sakko und zog einen weiteren Briefumschlag hervor, einen kleineren. »Es sind alte Fotos, wenn du sie sehen möchtest«, sagte er, und auf den fragenden Blick von ihr, ergänze er: »Sie zeigen deine Mutter und mich, als wir zusammen waren.«

Corina öffnete den Umschlag. Alte Polaroid-Fotos kamen zum Vorschein. Unverkennbar ihre Mutter mit dem jungen Rudolfo auf dem Berghof, sichtlich verliebt, ein strahlendes Paar. Rudolfo wirkte so offen und fröhlich auf den Fotos. So was kann niemand spielen, war Corina sich sicher. Und plötzlich schoss es ihr durch den Kopf, wie schwer es für ihn in diesem Moment sein musste, hier auf dieser Parkbank. Dass ihm seine uneheliche Tochter vor Kurzem die Todesnachricht von seiner »offiziellen« Tochter überbracht hatte! Welche Grausamkeiten hielt das Leben für Menschen manchmal bereit. Und damit nicht genug: Als läge ein Fluch auf den Marantas, hatten sich die Mütter seiner beiden Töchter das Leben genommen. Wobei der Selbstmord seiner Frau Helena ja Fragen offenließ, denen sie noch nachgehen musste. Etwas stimmte da nämlich nicht. Doch diese Gedanken flackerten in dem Moment nur ganz kurz in Corinas Kopf auf.

»Du bist also tatsächlich mein Vater.« Sie sagte es in einem Ton, als hätte sie sich soeben damit abgefunden.

»Ja. Und bitte glaub mir: Ich hätte mir gewünscht, dich immer in meiner Nähe zu haben, doch irgendwann … man musste sich arrangieren.«

»Und dann latsche ich barfuß als Beamtin in deine Villa. Ich nehme an, als du den besten Beamten angefordert hast, wolltest du damit verhindern, mich zu sehen.« Corina lachte verhalten, sie konnte es noch immer nicht fassen. »Du wusstest bestimmt, wo ich arbeite.«

»In der Tat und ja, ich dachte, so begegne ich dir nicht. Denn ich wollte und werde dem Wunsch deiner Mutter weiterhin Sorge tragen und mich nicht in dein Leben drängen.«

Corina blickte ihm in die Augen, Augen die sich verändert hatten, nicht mehr dieselben waren wie im Arbeitszimmer des Milliardärs. Sie sagte mit leiser Stimme: »Anastassia … es tut mir sehr leid, dass das passiert ist. Weißt du, als ich sie fand, habe ich etwas gespürt wie zuvor noch nie. Eine Verbindung. Eigentlich schon, als du mir das Foto im Arbeitszimmer gezeigt hast. Nun weiß ich, warum.«

Rudolfo blickte Corina ruhig an. »Ihr beide hättet euch gut verstanden. Doch selbst mit all meinem Geld kann ich das Unglück nicht ungeschehen machen. Die Beerdigung wird am Samstag stattfinden, in der Begräbniskirche San Gian, wo auch deine Mutter und meine Frau liegen … und nun dann auch meine Tochter, deine Halbschwester.« Er suchte den Blickkontakt. »Corina, ich mag dir fremd sein, das ist mehr als verständlich, doch ich habe dich nie verloren, du warst einfach an einem anderen Ort. Und wenn du jemals möchtest, dass ich für dich auch Vater sein kann, dann brauchst du es nur zu sagen.«

Corina nickte. »Es ist, wie soll ich es sagen …«

»… gerade zu viel auf einmal?«

Sie nickte, und er sagte: »Ich kenne das Gefühl, so geht es mir seit Montag schon. Dagegen hilft nur Zeit, wie ich aus Erfahrung weiß.«

Beide schwiegen sie danach beinahe zehn Minuten, ehe Rudolfo sagte: »Du wirst den Mörder deiner Halbschwester finden. Davon bin ich nun überzeugt.«

»Ja, das werde ich.« Corina blickte auf den See hinunter, an die Stelle, wo sie das Boot gefunden hatte. Die Sonne stand noch immer hoch, es war erst 15:45 Uhr, und doch hatte sich alles verändert.

Schweigend gingen sie danach zurück zur Villa, blieben vor dem Haupteingang stehen. »Ich habe gehört, dass du meist mit dem Fahrrad unterwegs bist«, sagte Rudolfo.

»Heute nicht. Ich wurde hergebracht.«

»Möchtest du, dass ich dich wohin fahre?«

Corina schwieg einen Moment. »Ein andermal vielleicht. Ich mag so teure Autos nicht. Sie engen mich ein, ich bekomme kaum Luft darin.«

Er lächelte. »Wie deine Mutter. Dann warte mal hier.«

Er verschwand in der Tiefgarage. Erst nach fünf Minuten schob sich das Tor zur Seite, und er kam in einem alten VW Golf rausgefahren, kurbelte das Fahrerfenster nach unten. »Musste die Batterie erst überbrücken. Das ist der Wagen, mit dem ich und deine Mutter damals rumgefahren sind, denn auch sie mochte keine teuren Schlitten.«

Corina stieg in den Wagen. Rudolfo hatte das Jackett in der Tiefgarage gelassen, dafür die Hemdsärmel zurückgekrempelt und auch den Krawattenschal abgelegt. Er schien wie verwandelt.

Während der Fahrt blickte er aufs alte Autoradio, aus dem eine Kassette rausschaute. »Die gehörte deiner Mutter. Sie liegt nach all den Jahren noch immer drin.«

Corina hielt den Zeigfinger an die Kassette, blickte Rudolfo an, der aufmunternd nickte.

Die Stimme von Janis Joplin ertönte.

Vor dem Eingang der Kriminalpolizei in Samedan hielt er den vw Golf an. Corina stieg aus und blickte zu ihm zurück. »Danke, wir beide brauchen einfach Zeit, okay?«

Er nickte.

»Ich werde mich nun wieder an die Arbeit machen«, sagte sie und schloss die Autotür.

9

Kaum hatte Corina das Kommando betreten, kam Sonja Meier auf sie zu. »Alles gut bei dir? Du siehst mitgenommen aus.«

»Mitgenommen im wahrsten Sinne des Wortes, in einem alten vw Golf, in dem meine Mutter früher gesessen hatte. Aber sag, was hast du für mich? Ich sehe es doch deinen Augen an, dass da was ist.«

»Stimmt. Es tut sich was im Fall.« Sonja respektierte, dass Corina das Thema wechseln wollte. »Ein Anruf von einer Hundehalterin. Ich bin noch nicht ganz schlau daraus geworden, sie wurde mir vor einer Viertelstunde via der Kantonspolizei Chur durchgestellt. Sie behauptet, dass sie Anastassias Wagen am Montag am späteren Nachmittag gesehen habe.«

»Das wäre ja eine wichtige Information. Und wo?«

»Im Toggenburg.«

»Im Toggenburg? Sie war doch in der Nacht auf Samstag nach Chur gefahren«, wunderte sich Corina.

»Richtig. Und doch wurde ihr Wagen bei einem alten Hof im Toggenburg gesichtet, der nur noch von einer betagten Frau bewohnt werde, wie die Zeugin betonte, die dort oft mit ihren Hunden spazieren geht. Sie habe im Fernsehen von dem Fall gehört, und sofort war ihr der blutrote und teure Audi aufgefallen, dazu das Graubündner Kennzeichen. Als sie dann in den Medien den Aufruf hörte, meldete sie sich. Zu dem Hof, so sagte sie übrigens, komme sonst nämlich nie jemand her. Es führe nur eine alte Zufahrtsstraße hin. Mittlerweile weiß ich: Die alte Frau, die dort wohnt, heißt Evelina Mazzoleni. Ich habe die Adresse, wir müssen also persönlich vorbei, denn sie hat keinen Telefonanschluss.«

»Worauf warten wir noch? Lass uns hinfahren.« Corina blickte auf die Uhr. »Es ist ja erst 16:30 Uhr. Hast du schon nachgeschaut, wie lange wir fahren müssen?«

»Ja, gerade eben. Es sind knapp 140 Kilometer, also über zwei Stunden Fahrt. Aber so hat immerhin Capeder genügend Zeit, um sich mit den St. Galler Kollegen abzusprechen. Die werden uns begleiten wollen.«

»Ja, magst du denn nochmals hinters Steuer? Wir waren schließlich heute in der Früh schon in Zürich.«

»Ach, kein Problem. Wir hatten ja dazwischen immer Pausen sozusagen.«

»Gut, aber wenn's recht ist, fahren wir wieder über den Julier, dann haben wir noch was von den Bergen, und außerdem mag ich den Vereina-Tunnel nicht, dieses schwarze Loch mitten durch den Berg finde ich komisch.«

Die Fahrt dauerte etwas länger als gedacht. Sie erreichten Wildhaus-Alt St. Johann kurz nach 18:40 Uhr. Im Toggenburg war es deutlich wärmer als im Engadin, auch wenn sich die Schatten der Berge bereits langsam ausdehnten.

Das Toggenburg, mit seinen lieblichen hügeligen Flanken links und rechts, die bespickt waren mit verstreuten Weilern und Höfen, zeigte sich an diesem frühen Abend von einer seiner schönen Seiten. Doch in dieser Weitläufigkeit und zwischen den vielen abgelegenen Höfen war ihr Ziel nicht so leicht zu finden gewesen. Sie waren zuvor wie vereinbart in Alt St. Johann auf eine Streife der Kantonspolizei St. Gallen gestoßen, die sich aber auch nicht besser auszukennen schien. Sie mussten sich bei den

Einheimischen durchfragen und wurden dabei von Hofhunden angekläfft, ehe sie endlich die richtige Abzweigung erwischten.

Sie folgten dem Weg mit dem erhöhten begrünten Mittelstreifen bis zu einem Haus, dessen dunkelbraune Holzfassade verwittert aussah, genauso wie die roten Fensterläden, von denen einer schief in den Angeln hing. Ein etwas verwilderter Garten umschloss das Holzhaus, das bestimmt schon viele Jahre auf dem Buckel hatte. Sie parkten die beiden Wagen schräg vor dem Gartenzaun.

Corina hielt zuerst Ausschau nach einem Hofhund, ehe sie das Gartentor öffnete und durch den Garten auf das Haus zuging. Die beiden St. Galler Kantonspolizisten blieben bei ihrem Fahrzeug, um nicht unnötige Spuren zu legen.

Vier verwitterte Holztritte führten hoch zur Haustür, die sich unter einem kleinen Vordach befand, das mit Blech überzogen war.

Corina klopfte mehrmals, zunehmend energischer. Immerhin wohnte eine betagte Frau im Haus, um deren Hörvermögen es unter Umständen nicht gut stand. Gleichzeitig fragte sie sich wie schon auf der Herfahrt, was Anastassia ausgerechnet an diesem abgelegenen Ort gewollt hatte, welche Verbindungen es möglicherweise zu diesem Hof geben musste. Sie hatten Anastassias Spur ja in Chur verloren, was hieß, dass sie irgendwann hierher gefahren war.

Corina und Sonja umgingen das Haus, das sich mitten in der hügeligen Flanke auf einem kleinen Bödeli befand. Die Sonne stand schon tiefer, und die Bäume um das Haus warfen ein Schatten-Licht-Muster auf den Boden.

Wenn die Frau wirklich so betagt sein sollte, wie die Zeugin am Telefon gesagt hatte, dann verließ die nicht einfach so den Hof, dachte sich Corina. Sie zog sich blaue Handschuhe über und drückte die Haustürklinke – die Tür schwang nach innen auf.

»Hallo, Frau Mazzoleni?«

Keine Antwort. Corina betrat das Haus.

Es war ein typisches altes Haus, das von jemandem Betagten bewohnt wurde. Alles schien vor Jahren schon in die Jahre gekommen zu sein und wirkte dadurch auf eine wundersame Art und Weise angenehm gemütlich. Ein enger Flur, links gleich die alte Küche, durch deren mit einem gehäkelten Vorhang behangene Fenster die Sonne fiel. Irgendwo schwang eine alte Pendeluhr. Es roch unangenehm im Haus.

Sehr einfach muss die Frau hier leben, dachte Corina, während sie sich weiter umsah und wiederholt den Namen der Frau rief. Auf dem kleinen Küchentisch, der mit einem karierten plastifizierten Tischtuch gedeckt war, lag ein angeschnittener Laib Brot. Dieser Anblick ließ Corina stutzig werden, denn die meisten alten Menschen hatten früh gelernt, sorgsam mit Lebensmitteln umzugehen. Und da passte ein liegen gelassener angeschnittener Laib Brot nun mal nicht. Sie befühlte die Anschnittstelle mit ihrer behandschuhten Rechten, sie fühlte sich angetrocknet und hart an.

Wieder rief sie mit ihrer warmen Stimme: »Frau Mazzoleni?«

Das Haus war eng und die Decken niedrig. Für die nur 1,65 Meter kleine Corina aber kein Problem. Sonja hingegen, mit ihren 1,76 Metern, musste an der einen oder anderen Stelle den Kopf einziehen.

Corina bekam keine Antwort auf ihr Rufen, fand aber die Pendeluhr in der beengten Stube, in der ein großer grüner Kachelofen im Winter wärmte. Die Uhr hing neben einem Kruzifix an der Wand: tick – tack – tick – tack.

Eine knarzende Holztreppe mit Handlauf führte in den oberen Stock. Der unangenehme Geruch wurde stärker und schlug Corina wie eine Wand entgegen, als sie die Tür zur ersten Kammer öffnete. In einem schmalen und hohen Bett lag eine Frau auf dem Rücken, ihr schlohweißes Haar sah zerzaust aus, ihr Gesichtsausdruck war zu einer Fratze erstarrt. Sie war tot, kein Zweifel. Ein Kissen lag etwas schräg neben dem Bett auf dem Boden.

Corina und Sonja blieben in der Kammer stehen, als hielten sie Totenwache. Es herrschte eine bedrückende, im wahrsten Sinne des Wortes, Totenstille, ehe Sonja diese durchbrach:

»Was glaubst du, ist hier passiert?«

»Ich habe zwei Fragen: Warum war Anastassia hier, und wer hat diese Frau umgebracht?«

»Du meinst, sie ist nicht an Altersschwäche gestorben?«

»Nein, ich sehe doch noch Abdrücke auf dem Gesicht. Nehme an, sie wurde mit diesem Kissen hier erstickt.« Geistesgegenwärtig fasste Corina nichts an, ging nur vor dem Kissen in die Hocke. »Schau, Sonja, es hat, wenn man genau hinschaut, einen Schleier Blut auf dem Bezug, wie um die Nase der Frau.« Sie zeigte darauf. »Wir müssen Dr. Kaspersky benachrichtigen und den beiden Beamten vor dem Haus Bescheid geben.«

Sonja nickte und zog ihr Handy aus der Hosentasche, während Corina weiter auf die tote Frau blickte, dann die Kammer verließ.

Im engen Flur zog sie sicherheitshalber ihre Waffe, bevor sie mit Sonja, die Dr. Kaspersky nicht erreicht hatte, die beiden anderen Kammern betrat. Eine davon war ordentlich hergerichtet und das Bett frisch bezogen worden. Es schien, als hätte vor Kurzem erst jemand darin übernachtet. Corina beugte sich darüber. Der Geruch war frisch, jung.

Dr. Kaspersky rief in diesem Moment zurück, und Sonja informierte sie über die Lage.

Da sie sich im Kanton St. Gallen befanden, war erneut eine kurze Absprache mit der kantonalen Untersuchungsbehörde notwendig. Diese musste zwangsläufig ebenfalls eine Untersuchung einleiten, da der Fall in ihrem Kanton geschehen war, doch darum würde sich Capeder kümmern.

Innert einer Stunde waren Dr. Kaspersky und ihr Gehilfe Adrian Hugentobler vor Ort.

Es war kurz nach 20 Uhr, als Dr. Kaspersky mit Team, in Anwesenheit eines nun hinzugezogenen St. Galler Untersuchungsrichters, ihre Arbeit aufnahm. Die Sonne warf ihre letzten Strahlen flach über die lieblichen westlich gelegenen Berge ins Toggenburg.

Corina und Sonja warteten draußen, hatten sich noch kurz mit den beiden St. Galler Kollegen unterhalten, ehe sie sich etwas abseits auf eine alte Holzbank setzten und ins Toggenburg blickten. Die Mulden und Anhöhen, die sanften Bergrücken verzauberten mit einem schier zeitlosen Licht-Schatten-Spiel.

»Diesen Mord hat Anastassia bestimmt nicht begangen«, sagte Corina.

»Es ist schon verrückt, Corina. Du bist im Moment wahrlich nicht zu beneiden. Aber wir dürfen uns auch nicht von der neuen Situation blenden lassen.« Sie sprach damit an, dass Corina sich möglicherweise emotional bereits mit ihrer ermordeten Halbschwester verbunden fühlte, voreingenommen war. »Wie Dr. Kaspersky uns zuvor kurz wissen ließ, belegen ihre ersten mobilen Laboranalysen, dass die alte Frau erstickt wurde, wie du bereits richtig erkannt hast. Aber von wem? Und warum?«

»Vielleicht war sie eine Zeugin, oder sie wusste schlicht und einfach zu viel?«, erwiderte Corina, die natürlich wusste, dass sie ihre persönlichen Gefühle im Fall außen vor lassen musste. Doch dies war einfacher gesagt als getan, denn Anastassia war ihr zuvor schon auf seltsame Art und Weise nahegestanden, als hätte sie diese schwesterliche Verbindung erfühlt. »Wir wissen eines gewiss: dass Anastassias Wagen hier gewesen ist, ob sie darin gesessen hat, konnte die Zeugin aber nicht sagen. Aber wir wissen auch, dass Anastassia einen Grund gehabt haben muss, um unbemerkt aus dem Engadin zu verschwinden, ob mit guten oder schlechten Absichten, müssen wir ermitteln. Vorschlag: Wir suchen als Erstes nach Verbindungen zwischen Anastassia und der alten Frau. Lass uns daher als Erstes rausfinden, wer diese Evelina Mazzoleni war. Hier können wir beide sowieso nichts mehr ausrichten. Dr. Kaspersky wird nun jeden Raum mit dem 3D-Scanner screenen und uns auf dem Laufenden halten. Machen wir, dass wir nach Hause kommen, sonst muss die zweite Wachablöse auf meinem Berghof noch Überstunden machen. Und ich muss ja noch mit dem Velo von Pontresina hoch.«

Corina kam erst um kurz vor Mitternacht endlich zu Hause an. Sie hatte unterwegs Brida angerufen, die Bäuerin im Dorf unten, die wenn immer möglich für sie einsprang; die Geißen molk und die Tiere versorgte, wie auch an diesem Abend.

Der Polizeiaspirant war heilfroh, dass er endlich zurück ins Tal konnte, wollte nicht mal mehr einen Kaffee, sondern setzte sich unverzüglich in seinen Jeep und verschwand mit aufleuchtenden Bremslichtern. Das Wummern der Musik im Wagen wurde leiser.

Corina hatte ihre Tiere vermisst: Die Gackerinas schliefen, die Geißen waren im Stall. Nur leise ertönte ein Bimmeln, als sie ihnen Buna notg wünschte, und Fred kam aus seinem Bau hervor und folgte ihr ins nun erhellte Haus.

Doch Corina schlief in dieser Nacht nicht im Haus, wegen des Feuerteufels. Sie ließ das Licht in jedem Zimmer brennen und legte sich auf einer alten Matratze auf der Veranda schlafen, die Waffe griffbereit neben sich, Fred kuschelte sich auf einer Decke neben ihr ein.

10

Donnerstag

Corina schlief unruhig, bis es gegen 4:30 Uhr zu hell für einen Feuerteufel wurde. Um 6 Uhr stand sie bereits zum zweiten Mal mit einem wunderbaren heißen Milchkaffee in der Hand auf der Veranda, der Sommertag war längst erwacht, die Nacht überstanden, es roch nach Wald und Wiesen.

Nach dem Aufwachen hatte sie erst wieder verstehen müssen, dass sie die Geschichte mit ihrem Vater nicht geträumt hatte, denn es wirkte noch immer gänzlich absurd; sie hatte ihren Vater gefunden, aber auf welch ungewöhnliche, ja tragische Art und Weise!

Sie war dankbar, dass ihr Chef Urs Capeder auch für diesen Tag wieder einen der Polizeiaspiranten zur Bewachung des Hofes hochschickte, sodass sie unbesorgt in den Dienst fahren konnte. Wie immer fuhr sie mit ihrem Fahrrad auf den Posten.

Um 8 Uhr begannen Corina und Sonja mit den Recherchen, außerdem boten sie diesen Marlon Causevic auf, der durch die Aussagen von Feuerbach und dieser Lotta Calotta zumindest überprüfungswürdig eingestuft worden war.

Seine Mutter bestand darauf, dass sie ihn in der Kanzlei in ihrer Villa in St. Moritz befragen sollen. Corina hatte sich am Telefon bewusst vage gehalten, das Ganze als

Routinebefragung deklariert. Doch bevor sie sich auf den Weg machten, recherchierten sie alles zu der verstorbenen 80-jährigen Evelina Mazzoleni, denn es musste einfach eine Verbindung zu Anastassia Maranta geben.

Sie fanden schnell heraus, dass Mazzoleni seit nunmehr 40 Jahren auf dem Hof im Toggenburg gewohnt hatte. Spannender war jedoch, dass sie davor im Engadin, in Samedan, gelebt und dort als Hebamme gearbeitet hatte. Das war lange her, und außer den Geburtsbüchern lagen im Spital Samedan keine weiteren Daten über die Frau vor, wie sie von der Personalabteilung des Krankenhauses am Telefon erfuhren. Eine Verbindung zu den Marantas war zudem nicht zu erkennen, auch nicht zur Familie Causevic, die Costa und Meier danach wie vereinbart aufsuchten.

Die Villa der Causevics, ganz im Engadiner Stil erbaut, aus wuchtigen weißen Steinmauern und mit schönen Sgraffiti verziert, lag am oberen Ende der Via Johannes Badrutt. Die Villa wies gleich mehrere Erker auf, und das Gebäude unterschied sich von den alten, originalen Engadinerhäusern dadurch, dass die Fenster viel größer waren. Corina musste beim Anblick zugeben, dass es eine gelungene Mischung war.

Eine Anwaltsangestellte in einem dunklen Zweiteiler öffnete die Tür und bat die beiden Ermittlerinnen einzutreten.

Frau Causevic begrüßte sie in einem großen Raum, der heimeliger nicht hätte sein können, wären da nicht der Schreibtisch aus Glas gewesen und die hellgrüne Sitzgruppe im postmodernen Stil. Causevic bat die Herrschaften, wie sie sagte, Platz zu nehmen. Die 60-Jährige war blond, schlank und trug einen beigen Hosenanzug. Ihr Schmuck war dezent und passend gewählt. Als sie sich setzte, bewegte sich ihr steckengerades Haar, das sie in einem Pagenschnitt trug, synchron.

Erfrischungen wurde serviert. Corina blickte sich um, denn wer fehlte, war Marlon Causevic, und um den ging es ja schlussendlich.

Als hätte Selina Causevic Corinas Gedanken gelesen, sagte sie: »Er kommt jeden Moment. Lassen Sie uns doch was trinken, in dieser ungewöhnlichen Hitze, die ja heute schon am Morgen herrscht.«

Kaum hatten sie die Gläser abgesetzt, betrat Marlon den Raum.

Er war groß, sah gut aus, und trug ein gewinnendes Lächeln. So der erste Eindruck, den Corina gewann.

Sie übernahm nach der Begrüßung auch gleich das Wort: »Es sind sehr traurige Umstände, die uns herführen: der gewaltsame Tod von Anastassia Maranta, wie Sie ja sicherlich wissen.«

»In der Tat, ich musste es zu meinem Leidwesen vernehmen. Ein Schmerz hat sich dabei in meiner Brust entfaltet wie ein schwarzer Schmetterling«, sagte Marlon, »und ihr seid wahrhaftig redlich bemüht, den Täter zu ermitteln, das ist gewiss.«

»Richtig, und deshalb sind wir hier.« Corina wunderte sich über Marlons Redensart, und ihr gefiel dieser Blick von ihm nicht, den er nicht verbergen konnte. Der hatte etwas sehr Forderndes, ja Beängstigendes an sich, aber was genau, war schwer zu beschreiben.

»Ich schweife nicht darum herum: Wir haben zu Ohren bekommen, dass Sie, Marlon Causevic, Frau Maranta teils aufdringlich nachgestellt haben sollen. Diesen Sachverhalt möchten wir gerne mit Ihnen zusammen überprüfen.« Sie staunte, wie geschliffen ihr plötzlich die Worte aus dem Mund kamen, als wäre der Mann ansteckend.

Und wieder war da dieser verstörende Blick von ihm, dazu nun das schiefe Lächeln. Wie irgendwie psychisch aus der Bahn geworfen wirkte er auf Corina.

»Also, was sagen Sie dazu?«, fragte sie.

Er zuckte mit den Schultern, sein Blick wurde arrogant. »Sehen Sie, die Welt, die Menschen da draußen betrachten unsereins mit verschiedenen Augen.«

»Wie meinen Sie das?«

»Ich weiß ja nicht, wer Ihnen diesen ›Sachverhalt‹ zugesteckt hat, aber der- oder demjenigen ging es einzig und allein darum, unsere Familie zu brüskieren. Ich sage Ihnen, ich suchte und hatte kein Verhältnis zu der mir bestens bekannten und allseits geschätzten Anastassia. Sie müssen wissen, unsere beiden Familien sind nicht nur geschäftlich, sondern vielmehr auch persönlich eng verbunden. Hätte ich ihr in solch einer Art und Weise nachgestellt, hätte sie es doch ihrem Vater oder meiner lieben Mutter berichten können, und das jederzeit. Es wäre also zur Sprache gekommen.«

»Wann haben Sie sie zuletzt gesehen?«

»Das kann ich Ihnen genau sagen. In der Nacht vom Freitag auf den Samstag, anlässlich eines Festes oben am Lej Marsch.«

»Haben Sie mit ihr zusammen das Fest verlassen?«

»Nein.«

»Letzte Frage: Wo waren Sie in der Nacht vom Montag auf den Dienstag?«

Nun antwortete Marlons Mutter: »Er war hier in der Villa. Den ganzen Abend und die Nacht hindurch.«

Marlon nickte. »Danke, liebe Mutter. Wissen Sie, ich fühlte mich nicht wohl, musste mich daher in meine Räume zurückziehen.«

»War's das jetzt?«, frage Selina Causevic leicht angesäuert.

Corina nickte. »Ich denke, fürs Erste reicht dies. Besten Dank.«

Kaum waren die beiden Ermittlerinnen aus der Villa verschwunden, zischte Causevic ihren Sohn an: »Wie oft habe ich dir gesagt, du sollst ihr nicht nachstellen, sie in Ruhe lassen?! Falls rauskommt, dass du in der fraglichen Nacht nicht zu Hause warst, wissen die, dass ich für dich gelogen habe.«

»Ach, Mutter, du wirst auch diesmal eine Ausrede finden, wie immer.«

Ihr Ton wurde schneidend. »Wo, verdammt noch mal, hast du dich denn in der Nacht auf Dienstag rumgetrieben?«

»Ich schwör's dir: Ich war spazieren. Konnte wieder mal nicht schlafen.«

»Ich habe deinen Wagen gehört. Es war spät, nach Mitternacht …«

»Ich musste doch etwas raus aus St. Moritz fahren, damit mich niemand beim Spazieren sieht.«

»Also nehme ich nicht an, dass du ein echtes Alibi hast, falls es eng wird? Denn diese Costa ist wie ein zweiter Schatten, die wird man nicht so einfach wieder los.«

»Einen Schatten wird man ganz einfach los, liebe Mutter, … wenn man in die Dunkelheit läuft!« Er lächelte. »Mutter, ich habe Anastassia nicht umgebracht, ehrlich nicht.«

»Nimmst du die vom Arzt verschriebenen Tabletten auch vorschriftsgemäß?«

»Pah, warum glaubst du, kann ich nicht schlafen? Hä? Nimm doch du mal diesen ganzen Scheiß. Ich kann ja kaum mehr Gedichte schreiben, so kräuselt's und säuselt's in meinem Kopf.«

Ihre Stimme bekam einen mütterlichen Ton. »Marlon, wenn du wieder die alten Probleme kriegst, dann sag es mir – rechtzeitig! Verstanden?« Ihre Lippen wurden danach sofort wieder zu dünnen Strichen.

Marlon zog den Kopf ein und verschwand im unteren Stock, in der Einliegerwohnung, die er bewohnte. Er verschloss die Tür und ging zum Schrank in seinem Schlafzimmer. Vorsichtig öffnete er eine luftdicht verschlossene Plastiktüte, in der ein Kleid steckte, und hielt seine Nase an die Öffnung. Anastassias Duft durchwehte ihn. Bilder von der Nacht von Montag auf Dienstag tauchten auf:

Er hatte sie tatsächlich kurz nach Mitternacht am Lej Marsch getroffen. Allein, ohne all die lichtlosen Seelen. Sie hatte direkt vor ihm gestanden, in genau diesem Kleid. Der See hatte wie ein großer Spiegel die Sterne eingefangen.

Marlon berührte ihre Schultern, legte sein Gesicht an ihren Hals. Er befühlte ihr Haar mit seinen Händen. Sie trug keine Unterwäsche, genau wie er es ihr befohlen hatte, das fühlte er, als er mit seinen Händen über dem hauchdünnen Kleid über ihren Körper strich und dabei von ihrem Licht erfüllt wurde, auch wenn er wusste, dass es nicht richtig war, so nahm er es dennoch auf diese Art in sich auf. Es war das Gefühl, dass sie, die Lichtgestalt, vor ihm stand, dass sie ihm, wenn auch nur für 15 Minuten, endlich das geben würde, wonach er sich so lange gesehnt hatte.

Plötzlich wurde es warm in seiner Hose, ohne dass sie ihn auch nur berührt hätte. Er war verwirrt, denn er hatte sich eingenässt, doch es war schön. Dann wich er Schritt für Schritt von ihr zurück. Sah sie nur noch schemenhaft in der Nacht, ihren asymmetrischen Haarschnitt, ihre Schultern hoben sich hell ab. Dann ließ sie das Kleid, wie von ihm befohlen, zu Boden gleiten. Ihr Körper war schön, wenngleich Marlon nur dessen Konturen sah.

Danach durfte sie gehen. Sie ging zu ihrem Wagen, zog sich etwas an, stieg ein und fuhr fort.

Er rannte sofort die wenigen Meter zum Kleid, ließ sich auf die Knie fallen, hob es auf, hielt es an sein Gesicht und weinte. Dann erst, als ihm bewusst wurde, dass sie weg war, kam diese Wut in ihm hoch, das Gefühl, betrogen worden zu sein. Er eilte zu seinem Wagen, denn das Ganze war doch bloß wieder ein Beschiss, ein verfluchter Beschiss! Scheinwerfer glommen auf, der Motor dröhnte, bald sah er vor sich rote Rücklichter.

Was danach geschah, hätte er niemals tun dürfen, und es war eine Frage der Zeit gewesen, bis die Polizei hier auftauchen würde, denn er hatte einen Fehler gemacht, einen zu viel.

Mit diesen Gedanken hielt er sich nun tröstend das Kleid vor die Nase. »Anastassia«, flüsterte er, »endlich bist du tot, und ich hab meinen Frieden, denn du warst doch bloß eine Illusion, ein Beschiss, und doch habe ich mich einlassen müssen, mich erniedrigt bis zur Katastrophe. Ich habe aber Angst vor dem, was nun passieren wird.«

Corina und Sonja hatten die Villa der Causevics verlassen und fuhren im Auto zurück nach Samedan.

»Das sind komische Leute«, sagte Sonja.

Corina stimmte ihr zu. »Hast du gesehen, was ihr Sohn zwischendurch für einen Blick draufhatte?«

Sonja nickte, wollte soeben antworten, als Dr. Kaspersky anrief:

»Ich kann Ihnen neue Fakten liefern, Frau Costa«, sagte Dr. Kaspersky in ihrem gepflegten Hochdeutsch, das mit einem leichten polnischen Akzent unterlegt war.

Von ihr erfuhren sie, dass die 80-jährige Mazzoleni im Laufe des späten Montagabends umgebracht worden war, somit nur wenige Stunden vor dem Mord an Anastassia. DNA-Proben, die im alten Haus im Toggenburg entnommen und in der Nacht ausgewertet worden waren, belegten, dass Anastassia sich länger im Haus aufgehalten haben musste: Es fanden sich Spuren von ihr im Bett der Kammer, die an die von Mazzoleni angrenzte, dazu im Bad und am Geschirr in der Küche. Noch waren aber nicht alle Spuren ausgewertet. Ein Schreibblock und ein Kugelschreiber, die auf dem kleinen Tisch in der Küche gelegen hatten, waren aktuell noch im Labor. Dr. Kaspersky meinte, dass es durchaus möglich sei, dass das, was auf dem abgerissenen Blatt niedergeschrieben worden war, mittels Spezialanalyse sichtbar gemacht werden könne, aufgrund der minimalen Abdrücke auf dem Papier darunter.

Was Dr. Kaspersky anschließend nochmals zur Sprache brachte, war der alte Fall, der Selbstmord von Helena Maranta. Sie hatte das, was sie an Unterlagen dazu im Rechtsmedizinischen Institut in Zürich gefunden hatte, genau analysiert und wurde nun das Gefühl nicht los, dass Wesentliches vertuscht worden war. Schon der Überführungsrapport vom Spital Samedan, wo die ersten forensischen Untersuchungen vorgenommen worden waren, wies große Lücken auf, einige Seiten schienen schlichtweg zu fehlen oder waren nicht ausgefüllt worden.

Dies bekräftigte Corinas Misstrauen; etwas stimmte da nicht. Denn warum hätte Marantas Anwältin Causevic damals mit Händen und Füßen eine Obduktion in Samedan und in Chur verhindern wollen? Im Fall von Anastassia hatten sie sich ebenfalls bemüht, die Untersuchungen außerkantonal durchführen zu lassen, doch der Grund dafür war ja mittlerweile dank DNA-Analyse ans Tageslicht gekommen. Aus den Unterlagen im Polizeiarchiv war sich Corina bis jetzt nicht schlüssig, weshalb der Leichnam von Helena Maranta nach Zürich überführt worden war, auch wenn es damals noch keine Koryphäe wie Dr. Kaspersky in Chur gegeben hatte. Deshalb entschloss sich Corina, in Absprache mit Dr. Kaspersky und Sonja, baldmöglichst mit Rudolfo Maranta darüber zu sprechen, auch wenn sich eine erneute Begegnung komisch anfühlen würde, erst recht, weil sie ihn würde vernehmen müssen. Sie rief ihn noch während der Fahrt an und bat ihn, in Samedan auf die Dienststelle zu kommen, und das so bald wie möglich.

Das tat er auch, sogar noch vor dem Mittag. In einem dunklen Mercedes der Luxusklasse kam er vorgefahren, und das in Begleitung von Frau Causevic. Er trug einen silbergrauen Anzug und wirkte selbstbewusst wie in seinem Arbeitszimmer.

Die Begrüßung zwischen Corina und Rudolfo war etwas steif. Sie mussten sich erst noch an das Du gewöhnen. Capeder hatte zuvor noch mit Corina gesprochen, wegen Befangenheit und so, doch sie hatte abgewunken. Somit stand der Vernehmung nichts mehr im Wege: Maranta und Causevic nahmen gegenüber von Costa und Meier Platz.

Rudolfo sagte einleitend und ohne etwas gefragt zu werden: »Ich habe Frau Causevic darüber in Kenntnis gesetzt, dass du meine Tochter bist. Das Erstaunen war verständlicherweise auch bei ihr groß.«

Causevic nickte mit regungsloser Miene. Sie duftete herb nach einem Parfüm, dessen Flakon bestimmt mehr kostete, als Corina im Monat verdiente. Causevic sagte: »Eine ganz neue Situation, auch für mich als Anwältin; erbrechtlich gesehen und so weiter. Da kommt was auf uns zu. Aber darum kümmern wir uns ein andermal. Also, was wollen Sie von meinem Mandanten wissen?«

»Es geht um den Tod von Helena Maranta und um das

Gutachten der Obduktion in Zürich. Wir stellen fest, dass es Lücken gibt, was uns dazu bewogen hat, den Fall neu aufzurollen.«

Wortreich begann Causevic, den Fall zu zerreden. Sie schien unheimlich intelligent zu sein und eine Schnelldenkerin, doch Maranta beugte sich zu ihr und unterbrach sie:

»Selina, ich weiß dich an meiner Seite stets zu schätzen, und ich weiß, mein alter Herr wird mich mit dem Krückstock verprügeln wollen. Doch nun ist es Zeit, Klartext zu reden, denn eine erneute Ermittlung wird uns nur unnötig ins Rampenlicht rücken, in dem wir sowieso schon sind …« Sie schien zu verstehen, und er fuhr fort: »Schau, Corina, seit dieser Woche hat sich beinahe alles für mich geändert. Meine geliebte Tochter Anastassia wurde ermordet, und meine all die Jahre hindurch verlorene Tochter steht völlig überraschend vor meiner Tür, um genau in dem Fall zu ermitteln. Wir Marantas haben seit jeher unser Privatleben geschützt, weil es uns das Wichtigste war und ist. Wer sich so exponiert wie wir, muss deshalb zwangsläufig gewisse Sicherheitsvorkehrungen treffen. Und was ich hier und jetzt sage, muss unter uns bleiben, darf keinesfalls den Weg in die Presse finden.«

»Das mit der Presse kann ich nur von uns beiden versprechen, aber den Rest, den müssen wir uns doch erst anhören.«

Er nickte. »Du bist direkt und grad heraus wie deine Mutter. Aber lassen wir das. Nun gut, wie fange ich am besten an?« Er legte seine Hände gefaltet auf den Tisch. »Leider ist das Leben auch in den schönsten Villen nicht immer so, wie die Fassade es verspricht, aber das ist ja nichts Neues. Was uns betrifft: Meine Frau Helena war vor ihrem Ableben längere Zeit im wahrsten Sinne des Wortes todunglücklich, sie fühlte sich zunehmend eingeengt in dieser Welt. Ich war oft fort, sie fühlte sich ungeliebt. Sie sprach immer wieder von dieser Kälte, die sie umgebe. Irgendwann schluckte sie Tabletten, es wurden mehr und stärkere. Sie verfiel der Sucht, und ich war nicht an ihrer Seite, um ihr beizustehen, hatte zu lange weggeschaut.« Er ließ seine Worte kurz im Raum schweben, als müssten sich alle für die nächste emotionale Offenbarung erst vorbereiten. »Unsere Ehe war längst ein Scherbenhaufen. Nur nach außen strahlten wir wie die Diamanten an ihrem Schmuck. Aber irgendwann wurde es ihr zu viel. Sie nahm sich das Leben.«

»Aber was wolltet ihr dann vertuschen? Dass sie sich das Leben genommen hatte, konnte ja aufgrund der Lage, in der sie vorgefunden wurde, nicht mehr abgestritten werden«, unterbrach Corina seine Ausführungen. »Wieso die fragwürdige Obduktion in Zürich?«

»Stimmt, aber bei einer offiziellen Untersuchung wäre ans Licht gekommen, dass sie schwanger gewesen war.«

Corina war überrascht. »Schwanger?« Dann dämmerte es ihr sofort. »Und wer war der Vater?«

»Das wissen wir bis heute nicht. Aber sie muss eine Affäre gehabt haben«, sagte Maranta, »denn ich hatte mich drei Jahre zuvor unterbinden lassen. Von ihrer Schwangerschaft habe ich übrigens eine Woche zuvor durch die Putzfrau erfahren, drei Tage vor meiner Abreise ins Ausland. Diese hatte den positiven Test bereits acht Wochen vorher im Abfall in Helenas persönlichem Badzimmer entdeckt. Als die Putzfrau es mir, wie gesagt nur drei Tage vor meiner Abreise, mitteilte, habe ich mich umgehend untersuchen lassen. Das Ergebnis war wie erwartet eindeutig; meine Zeugungsunfähigkeit wurde bestätigt. Somit musste Helena einen Liebhaber gehabt haben. Deshalb habe ich sie am Tag vor meiner Abreise darauf angesprochen, alles hat in einem Riesenstreit geendet, und das war das Letzte, das wir voneinander hörten und sahen.«

»In der wievielten Woche war sie damals?« Corina musste den Schmerz über das Gehörte verdrängen.

»Bereits in der 15.«

»Und niemand hatte eine Ahnung, wer der Vater gewesen sein könnte?«

»Sie lebte ja nicht in einem Käfig, auch wenn es ihr wohl so vorgekommen war. Helena führte ja auch ihr eigenes Leben, machte ihre Kunst, organisierte Ausstellungen, traf Kunstschaffende, reiste. Außerdem hatten wir uns wie gesagt auseinandergelebt, schliefen länger schon in getrennten Schlafzimmern.«

»Aber den Schein nach außen wolltet ihr wahren?«, kommentierte Corina, und Rudolfo nickte.

»Möglich, dass Helena aufgrund einer unglücklichen Liebe restlos ins Unglück stürzte. Vielleicht hat sie von dem Mann Ablehnung erfahren, als sie ihm von der Schwangerschaft berichtete.«

Corina blickte zu Sonja, sagte dann: »Einverstanden, wir lassen das protokollarisch mal außen vor. Es nützt ja niemandem etwas, das nach außen zu tragen. Aber ich hätte noch eine Frage an Sie …« Sie blickte zu Causevic.

»Ja bitte.«

»… geht es Ihrem Sohn wirklich gut?«

»Marlon?«

»Haben Sie noch einen anderen Sohn?«

»Nein.«

»Dann ist meine Frage ja unmissverständlich, oder?«

»Wieso fragen Sie?«

»Wieso weichen Sie aus?«

Causevic hätte mit ihrem Blick ein ganzes Regiment auf

der Stelle umbringen können, doch Corina blieb in ihrer Grundfreundlichkeit beständig.

»Marlon ist Künstler, fühlt mehr als andere Menschen. Hypersensibel. Für ihn ist es jeden Tag ein Kraftakt in der Balance zu bleiben.«

»Gibt es eine psychiatrische Diagnose?« Corina konnte unglaublich freundlich neutral am Ball bleiben, egal wie sehr sie von ihrem Gegenüber verachtet wurde, und das zu erkennen, konnte für jeden zermürbend werden.

»Was wollen Sie denn von mir hören? Dass mein Sohn ein Psycho ist?«

»Die Wahrheit würde mir genügen, denn er war in der fraglichen Nacht nicht zu Hause.« Corina wusste das zwar nicht mit Sicherheit, ahnte es aber aufgrund des Gesprächs von zuvor in der Villa der Causevics.

»Das würde ja heißen, dass Sie mich als Lügnerin bezeichnen?« Causevic hob ihr Kinn an, Rudolfo, der danebensaß, bekam einen nachdenklichen Gesichtsausdruck.

Corina wusste, ihr saß *die* Anwältin schlechthin gegenüber, die alles tun würde, um sie in die Ecke zu drängen und danach keine Gelegenheit auslassen würde, sie auch noch mit Anzeigen aus ihrer Kanzlei einzudecken. Sie antwortete deshalb ruhig:

»Wenn Ihr Sohn in dieser Nacht nicht zu Hause gewesen sein sollte, dann wären Sie tatsächlich eine Lügnerin, denn Sie hätten gegenüber zwei Beamtinnen der Kantonspolizei eine Falschaussage gemacht, dies im Rahmen einer Ermittlung wegen Mordes.« Und dann beugte sich die nur 1,65 Meter kleine Corina etwas vor. »Wir beide«, sie deutete auf Sonja, »wir werden schon noch herausfinden, was in dieser Nacht in St. Moritz wirklich alles geschehen ist.«

Weder Rudolfo noch Selina Causevic sagten etwas. Corina verschränkte die Arme, nachdem sie sich im Stuhl zurückgelehnt hatte. »Sagt Ihnen der Name Evelina Mazzoleni etwas?«

Sie erkannte eine Regung bei beiden. Volltreffer.

»Warum?«, fragte Causevic.

»Das ist eine Frage auf meine Frage, keine Antwort«, hielt Corina dagegen und legte ihre verschränkten Arme auf die Tischplatte. »Ich höre.«

»Sie war deine Hebamme«, kam kurz und trocken Rudolfos Antwort. »Und jetzt sag doch, warum du das wissen willst.«

Corina hatte es schon irgendwie geahnt. Sie wusste, dass sie zu Hause auf dem Hof zur Welt gekommen war, und als sie hörte, dass Mazzoleni Hebamme gewesen war und vor 40 Jahren das Engadin verlassen hatte, sah sie die Möglichkeit eines Zusammenhangs.

»Kannten sich Anastassia und Evelina?«

»Auf keinen Fall«, kam von ihm die Antwort.

»Obwohl meine Geburt so lange zurückliegt, kannst du dich aber überraschend gut an den Namen der Hebamme erinnern, obwohl du nicht dabei warst, als meine Mutter mich zu Hause auf die Welt brachte.«

Rudolfo lächelte. »Ich kann mich deshalb so gut an den Namen erinnern, weil ich in jener stürmischen Nacht auf den 15. Januar an der Seite deiner Mutter gestanden habe. So etwas vergisst ein Vater nie.«

Nun war Corina die Überraschte, und Urs Capeders Bedenken in Bezug auf Befangenheit waren vielleicht doch nicht unbegründet gewesen.

»Das können wir mal privat unter vier Augen besprechen«, verschaffte sie sich etwas Zeit. »Aber zurück zur Hebamme: Evelina Mazzoleni wurde am Montagabend in ihrem Zuhause ermordet«, fand Corina den Faden wieder.

»Ermordet? Ich wusste ehrlich gesagt nicht mal, dass sie

überhaupt noch lebt«, sagte Rudolfo. »Sie muss mittlerweile ja sehr alt gewesen sein.«

»80-jährig, um genau zu sein. Aber der Fall wird noch verstrickter: Wir haben rausgefunden, dass Anastassia von Samstag- bis Montagabend bei ihr gewohnt haben muss, bevor sie in der Nacht auf Dienstag, der Nacht ihres Todes, zurück ins Engadin gefahren ist.«

Nun schienen sowohl Rudolfo als auch Causevic perplex zu sein.

Corina nutzte dies und doppelte nach: »Wieso fuhr Anastassia am späten Samstagabend nach Chur und dann später ins Toggenburg nach Wildhaus-Alt St. Johann?«

Ratlosigkeit. Die beiden wussten nichts dazu zu sagen.

»Rudolfo«, Corina hatte sich an diese Anrede noch immer nicht gewöhnt, »Anastassia hatte am vergangenen Montag dringend mit dir über etwas sprechen wollen. Unter vier Augen. Welche Verbindungen zu Evelina Mazzoleni wären möglich? Ich meine, die Frau war alt und bereits seit 40 Jahren weg vom Engadin. Das ist ein halbes Leben.«

Obwohl sowohl Maranta als auch Causevic ratlos wirkten, glaubte Corina, einen Blick in Rudolfos Augen gesehen zu haben, der verriet, dass er soeben etwas kombiniert hatte.

»Nun gut«, nahm Corina den Faden wieder auf, »die alte Frau wurde mit einem Kissen erstickt, und wir sehen einen Zusammenhang zu der Tat an Anastassia. Wir glauben, der Kreis um den oder die Täter fängt sich langsam, aber sicher an zu schließen.«

11

Nachdem Rudolfo Maranta und seine Anwältin Selina Causevic das Gebäude der Kriminalpolizei in Samedan um kurz vor 11 Uhr verlassen hatten, setzte sich Urs Capeder mit seinen beiden Ermittlerinnen zusammen.

Seine Miene war ernst. Er blickte zu Sonja. »Ich muss kurz mit Corina alleine reden, du erfährst später, warum. Okay?«

Sonja zuckte mit den Schultern und verließ das Büro von Urs, der in dem zu mächtigen Sessel gar schmächtig aussah. So wie er Corina für einen Moment anschaute, bekam sie es beinahe mit der Angst zu tun. Dieser Blick hatte etwas von Mitleid. Vor ihm lag ein weißes Blatt Papier, das nur darauf wartete, umgedreht zu werden.

»Corina, Dr. Kaspersky hat mich gebeten, dieses Gespräch mit dir zu führen.«

»Okay?«

»Du kennst ja die Arbeitsweise von unserer Dr. Kaspersky und ihrem Team.«

Corina nickte.

»Sie haben das Haus der alten Hebamme penibel unter die Lupe genommen und auch einen Schreibblock mitgenommen, der auf einem kleinen Tisch gelegen hatte, wie du weißt.«

»Ja, ich weiß, ich habe diesen ja bemerkt.«

»Heute Morgen wurde dieser Schreibblock mit einem Spezialscanner, der jede noch so kleine Unebenheit auf einer Oberfläche graphisch darstellen kann, untersucht.

Auf dem obersten Blatt wurde so der Abdruck eines Briefes lesbar, der auf dem Blatt darüber verfasst worden war. Der Brief war an Anastassia gerichtet und klärt einiges auf …, aber er ist mehr als das. Der Inhalt könnte für dich nun wirklich sehr schwierig werden. Und du musstest die letzten Tage doch bereits einiges schultern.«

Corina konnte seine Anspannung regelrecht fühlen, wiederholt fiel ihr Blick auf das weiße Blatt vor ihm. Beherzt sagte sie: »Dann lass es mich wissen. Es wird nicht einfacher, wenn ich es nicht lese. Aber ich schätze deine Umsicht, Urs.«

Vorsichtig schob er die Kopie des Briefes, die er zuvor von Dr. Kaspersky per Mail erhalten hatte, über die Tischplatte.

Corina nahm das Blatt in die Hand und begann zu lesen.

Guten Tag, Anastassia

Du kennst mich nicht, aber ich dich und deine Familie. Mein Name ist Evelina Mazzoleni, und ich war bis vor 40 Jahren Hebamme im Spital Samedan. Ich habe vor elf Jahren vom Tod deiner Mutter gehört – das tut mir aufrichtig leid.

Lange, sehr, sehr lange habe ich ein Geheimnis mit mir herumgetragen, das mit deiner Familie zu tun hat. Du bist die neue Generation von Marantas, und darum schreibe ich dir. Das, was du gleich lesen wirst, ist furchtbar, und darum habe ich es so lange für mich behalten und gezögert. Wohl zu lange, weil ich feige war. Doch nun bin ich 80 und fühle, dass mein Ende naht. Was hat ein Mensch dann noch zu verlieren außer seine Sünden, und das am besten, bevor man vor den Herrn tritt, der mir hoffentlich vergibt, denn ich kann es selbst nicht.

Am 15. Januar 1983 kam in einer stürmischen Winternacht auf einem Hof im Engadin ein Mädchen zur Welt. Es war eine schwere Geburt gewesen, und ich musste all mein Wissen und Können aufbieten, um sie zu einem guten Ende zu bringen. Die Mutter musste zu Hause gebären, und so kämpfte ich mich durch tiefen Schnee und Sturm gegen 21 Uhr von Pontresina hoch zu einer 20-jährigen Frau namens Everita Costa.

Etwas später trat aus dem Sturm wie aus einer weißen Wand unverhofft der werdende Vater, damals ebenfalls erst 20-jährig. Der Sturm fegte um den alten Hof, die Stunden vergingen, doch wir schafften es alle gemeinsam. Mutter und Kind waren wohlauf. Irgendwann schliefen wir erschöpft ein, wie ein kleines Rudel mitten im Wintersturm.

Als wir am Morgen erwachten, war die Front vorübergezogen, das Oberengadin lag unter dem Zauber von viel Neuschnee, ein wunderbar blauer Himmel begrüßte das neue Leben.

Warum ich dir das schreibe? Das Mädchen, das geboren wurde, bekam den Namen Corina. Sie ist deine Halbschwester, denn der Mann, der sich ebenfalls durch den Sturm und die Nacht gekämpft hatte, hieß Rudolfo Maranta.

Corina blickte kurz hoch zu Urs, ihr Herz schlug ihr bis zum Hals, doch was sie hier gelesen hatte, wusste sie im Großen und Ganzen bereits alles. Sie senkte den Blick wieder auf das Papier.

Und jetzt, liebe Anastassia, wird es traurig und schlimm. Verzeih mir bitte, dass ich dir das aufbürde. Es hatte seinen Grund, warum Everita, eine wirklich tolle junge Frau, damals nicht im Spital gebären durfte. Der alte Maranta, Wolfgang Maranta, dein Großvater, hat dies so befohlen, der blutjungen Everita regelrecht aufgezwungen. Da Rudolfo, dein Vater, der Vater dieses unehelichen Kindes war, musste alles vertuscht werden, der Ruf der Familie war Wolfgang Maranta damals schon das Heiligste auf der Welt. Verzeih mir meine Worte, aber an dem Mann gibt's nichts Gutes …

Nach der Geburt hat er auch mich zum Schweigen gezwungen und mich aus dem Engadin gejagt. Seine Verbindungen in die Chefarztetage, du kannst es dir ja vorstellen …

Ich ging, aber blieb dennoch in Kontakt mit Everita. Sie hat sehr darunter gelitten, alles verschweigen zu müssen, hatte sich zu Beginn noch aufgelehnt, doch als sie eines Morgens den Hof an verschiedenen Stellen mit Benzin begossen fand, nahm sie das Geld, das Wolfgang ihr auch nur deshalb bot, damit sie ungestört und ohne Unterstützung von Dritten ihr Leben leben konnte.

Jahre vergingen. Kurz nachdem Corina 18 geworden war, du warst damals erst zwei, telefonierte ich eines Nachmittags mit Everita, als sie das Gespräch beenden musste, weil der alte Maranta auf den Hof kam. Sie hatte ihn durchs Küchenfenster herankommen sehen. Damals musste er etwa 60 gewesen sein. Everita hatte mir in den Tagen zuvor gesagt, dass sie vorsichtig den Kontakt zu ihm gesucht habe, um eine Möglichkeit zu finden, dass Corina ihren Vater doch noch kennenlernen könne, denn sie fragte so sehr danach. Und Everita hatte dem alten Maranta auch geschrieben, dass sie keinerlei Forderungen stellen wollte, außer einem Treffen mit Rudolfo, dem Vater ihrer Tochter. Wolfgang aber sei sehr wütend darüber geworden.

Nun, was rede ich um das Unvermeidliche herum: An dem Tag, als Wolfgang zu Everita auf den Hof gekommen war, fand Corina später ihre Mutter erhängt im Keller vor, und ich weiß, ich fühlte es: Dein Großvater hat sie umgebracht und wie immer alles vertuscht, denn Everita Costa war nicht schwermütig.

Ich habe mich mit meinem Verdacht danach sogar bei der Polizei gemeldet, doch als Benzinkanister plötzlich auch vor meinem Hof hier im Toggenburg standen, hielt ich mich zurück. Ich wusste, er würde auch mich umbringen. Ich hatte Angst.

Doch nun will ich nicht länger schweigen. Liebe Anastassia, gehe zu Corina Costa, denn ich finde die Kraft nicht mehr, auch aus Scham kann ich ihr nicht gegenübertreten. Hüte dich vor dem alten Maranta, deinem Großvater, dem traue ich wirklich alles zu – wer weiß, was wirklich mit deiner Mutter Helena geschehen ist. Ich habe nun keine Angst mehr, aber auch kaum noch Kraft. Ein Telefon habe ich zwar nicht, doch du kannst jederzeit bei mir vorbeikommen, auch zusammen mit Corina, wenn es denn sein muss und sie Fragen hat. Ich bin alt, aber das alles habe ich nie vergessen können.

Gottes Segen,
Herzlich,
Evelina

Corina ließ das Blatt sinken. Ihre Finger zitterten, ihr war flau im Magen. Sie stand auf, sagte: »Urs, ich muss raus hier, brauche frische Luft, die Natur.«

Corina verließ das Büro, blickte aber weder nach links noch nach rechts, die Geräusche verschwammen, ein Tunnelblick formte sich. Sie erkannte noch Sonja im Flur, dann flutete die Sonne ihr Gesicht, und Corina setzte sich auf ihr Fahrrad.

Ihr war die ganze Tragweite des Briefes sofort bewusst geworden. Deshalb radelte sie nun in Richtung Celerina, sie musste zur Begräbniskirche San Gian.

Dort angekommen legte sie ihr Fahrrad achtlos unten am Hügel ins Gras, unmittelbar neben die mit Kopfstein gepflasterte Treppe, und eilte die knapp 50 Stufen hoch, ging durchs eiserne Gittertor, das in die Ummauerung der Kirche eingelassen war.

Sie schritt an den Gräberreihen vorbei. Ihr war nun bewusst, dass hier nicht nur ihre Mutter lag, sondern auch Anastassias Mutter, und schon am Samstag würde hier die Beerdigung ihrer Halbschwester stattfinden.

Corina hatte damals ein Grab für ihre Mutter gekauft und pflegte es seit 22 Jahren, so wie es Mutter gefallen hätte: Das Grab war schlicht und naturnah gehalten, mit schönen Steinen, die Corina überall in den Bergen gesammelt hatte. Hin und wieder Disteln und Alpenröslein, und von hellen Kieseln des Inn eingefasst lag ein großer Kristall, den Corina im Jahr nach Mutters Tod gefunden hatte. Einen Grabstein hatte Corina nicht gekauft, das Holzkreuz selber gemacht, aus Lärche und in Regenbogenfarben bemalt.

Corina trat ans Grab. Sie hatte nicht mal gemerkt, dass sie bewaffnet war und nicht wie gewöhnlich ein Hemd oder Gilet über ihrer Glock trug. Sie ging in die Hocke, sodass es die breiten Aufschläge ihrer Jeans etwas hochzog, und richtete mit ein paar Handgriffen das Grab, aber nicht der Ordnung wegen.

»Mama, ist das wahr? Ist das alles wirklich wahr?«, flüsterte sie.

Obwohl die Schrift noch nicht zweifelsfrei der Hebamme hatte zugeschrieben werden können, also noch gar nichts bewiesen war, sagte Corinas Gefühl ihr, dass es wahr war. Sie erkannte, dass ihre Mutter vor ihrem Tod zwar traurig gewesen war, aber nicht, weil sie schwermütig oder gar todunglücklich gewesen wäre, sondern weil sie erkannt haben musste, dass sie ihr den Namen des Vaters nie würde nennen können. Weil sie erkannt haben musste, wie gefährlich der alte Maranta war und weil Rudolfo mittlerweile eine kleine Familie hatte und eine Annäherung ihrerseits sein Familienglück gefährdet hätte. Es hatte sie so geschmerzt, ihr, Corina, den Vater vorenthalten zu müssen, weil sie wusste, wie sehr sie Orientierung suchte, mehr über ihre Herkunft wissen wollte. Eine Zerreißprobe, aber mehr nicht.

Corina war sich nun auch sicher, wer ihr vor zwei Tagen die Benzinkanister auf den Hof gestellt, oder vielmehr hatte stellen lassen, sogar ihr Murmeltier mit Benzin übergossen hatte. Diese Drohung kam von Wolfgang Maranta, hatte schon bei ihrer Mutter und der Hebamme Wirkung gezeigt, aber nun war Schluss damit.

Dass jemand ihre Mutter damals umgebracht haben könnte, darauf wäre Corina im Leben nie gekommen. Den Obduktionsbericht hatte sie 25-jährig, also sieben Jahre später, nur einmal eingesehen; er lag im Archiv, damals noch auf dem Posten in St. Moritz. *Eindeutige Todesursache: Strangulation aufgrund Suizid*, stand darin. Die Fotos dazu hatte Corina schnell umgedreht und versucht, sofort alles wieder zu vergessen und weiter zu glauben, was die Psychiaterin ihr damals, nach dem Tod ihrer Mutter gesagt hatte: dass Depressionen oft versteckt blieben und sich nur vage zeigten. Alles schien zu passen, und doch passte es nicht zum Lebensmut ihrer Mutter.

Corina verharrte noch immer in der Hocke, während sie

so nachdachte, und schloss die Augen, wie sie es immer tat, wenn der Schmerz um die Mutter zu groß wurde, denn dann tauchte im Wirrwarr der Gefühle ganz langsam ein Gesicht auf, als hätte ihre Mutter nur auf diese Einladung gewartet.

»Corina.« Sie hörte ihre Stimme wie durch Nebelschwaden. Ihre Mutter kam auf sie zu, hinter ihr das Leuchten der goldenen Lärchen. »Corina, schau, welches Geschenk die Natur heute für uns bereithält.« Sie streckte ihr die Hand entgegen. Und dann kam jedes Mal dieser wunderbare Moment, so auch diesmal: Corina sah ihre Hand nach derjenigen der Mutter greifen, fühlte die Wärme, sogar wie sie herangezogen wurde. »Corina, was machst du bloß für ein Gesicht? Lass uns gehen.«

Und dann liefen sie gemeinsam durch das Leuchten der Lärchen, der Himmel über ihnen tiefblau, die Berggipfel gezuckert – und sie hielten sich an den Händen wie früher, als Corina noch ein Mädchen war. Corina rannen die Tränen aus den geschlossen Lidern, während sie durch den lichtdurchfluteten Lärchenwald gingen – Hand in Hand.

Langsam löste Mutter ihre Hand. Sie lächelte. »Ich muss gehen, doch wir werden uns wiedersehen, denn ich werde im Licht auf dich warten, meine Liebe.« Langsam lösten sich die Bilder auf, Corina erhob sich und zog die Nase hoch.

»Danke, Mama, ich weiß, wir werden uns wiedersehen, der Tod ist nicht das Ende, bloß ein Übergang wie ein Pass in den Bergen, und irgendwann folge ich dir. Ich liebe dich.«

Bevor Corina den Friedhof verließ, suchte sie das Grab von Helena Maranta auf, das nicht schwer zu finden war, denn es erstreckte sich über vier Grabreihen, und der riesige weiße Grabstein aus glänzendem Marmor trug eine Inschrift aus Gold.

Corina trat näher und dachte: Was war wohl mit ihr geschehen? Was ist wirklich in dem goldenen Käfig passiert? Meine Mutter musste zudem etwas über euch Marantas gewusst haben, das sie davon abhielt, mich auch nur in eure Nähe zu lassen, und mir nicht mal meinen Vater zu erkennen gab. War Helena diesem Furchtbaren begegnet und ihre Tochter Anastassia nun ebenfalls? Hieß der einzige Teufel Wolfgang Maranta? Stimmte das, was in dem Brief der Hebamme über ihn stand, oder hatte bloß jemand die Spuren bewusst so gelegt im Wissen, dass der Schreibblock gefunden und die Nachricht entschlüsselt würde?

Corina fasste einen Plan, während sie in der Mittagshitze vom Hügel in die Gegend blickte, bevor sie die lange Treppe hinunter zu ihrem Fahrrad ging.

Zurück auf der Dienststelle, Urs hatte bewusst noch niemandem etwas über den brisanten Inhalt des Briefes gesagt, vertraute sich Corina Sonja an.

»Ach Corina, was ist bloß im Moment los? Es tut mir ja so leid, und ich weiß nicht, was ich tun soll«, sagte ihre Kollegin, als sie alles erfahren hatte.

Corina hatte sich in der Zwischenzeit wieder gefasst. »Mir hilft es, wenn wir gemeinsam die Wahrheit ans Licht bringen. Was wissen wir über diesen Wolfgang Maranta?«

»Wir werden den Fall lösen! Ganz bestimmt.« Sonja zeigte sich kämpferisch. Gemeinsam setzten sich vor einen PC und begannen mit den Ermittlungen.

Es wurde später Nachmittag, ehe sie ihre Telefonate getätigt und die nötige Schützenhilfe aus dem Kommando in

Chur erhalten hatten, aber auch bis die Infrastruktur und die angeforderten zusätzlichen Kräfte aus der Hauptstadt eintrafen.

Dr. Kaspersky hatte in der Zwischenzeit den Briefabdruck mit alten Schriftproben der Hebamme vergleichen und den Brief somit eindeutig Evelina Mazzoleni zuordnen können. Somit war dieser Sachverhalt bestätigt.

Corina war bewusst, dass der Mord an ihrer Mutter längst verjährt war. Sollte sich der Verdacht der Hebamme tatsächlich bestätigen, würde Wolfgang Maranta deshalb rechtlich nicht mehr dafür belangt werden können. Sie musste aber dessen ungeachtet unbedingt die Wahrheit ans Licht bringen, um diese ans Grab ihrer Mutter tragen zu können. Wie und ob die anderen Fälle insgesamt zusammenhingen, ob tatsächlich auch Helena Maranta umgebracht worden war, das müsste sich noch weisen. Die Ermittlungen gingen voran.

Corina hatte am Nachmittag zusätzliche Aufnahmen der Überwachungskameras der Villa Chantarella direkt bei der Security-Firma in Zürich angefordert und auch gleich per Link erhalten. Im Fokus standen die Aufnahmen, die sie bisher nicht gesehen hatte, die von Montagabend und Montagnacht bis und mit Dienstag.

Irgendwie war ihr diese Lorena Feuerbach, Rudolfos Assistentin und Freundin, zu perfekt. Auf jeden Fall hatte sie das Gefühl, dass die Frau eine Strategin war und sich nicht in die nach außen schönen Karten blicken ließ. Aber auch was Rudolfo, Corinas Vater betraf, wollte sie Gewissheit haben, in Erfahrung bringen, was die beiden in der Tatnacht gemacht hatten, aber ohne sie direkt damit zu konfrontieren.

Die Sichtung der Aufnahmen ergab: Feuerbach war am Montag um 18:34 mit ihrem schwarzen BMW in die

Tiefgarage gefahren und hatte die Villa Chantarella bis Dienstagmittag über keinen der Ausgänge, alle waren videoüberwacht, verlassen. Rudolfo Maranta hatte den gesamten Montag in der Villa verbracht. Am Montagabend betrat Selina Causevic um 19:57 die Villa. Sie war zu Fuß gekommen und verließ das Gebäude um 21:07, und das allein.

Am Dienstag verließ Rudolfo Maranta eilends in einem dunklen Mercedes die Villa, nachdem er gegen 8:30 Uhr von Corina angerufen und über den Tod seiner Tochter informiert worden war, und kehrte keine halbe Stunde später zurück. Wenige Minuten danach tauchte Selina Causevic auf, hinter dem Steuer eines Bentleys.

Erst später verließ Feuerbach ihrerseits die Villa, gegen Mittag, erneut in ihrem schwarzen sportlichen BMW. Auch die Zeit passte, stellte Corina fest, denn die 36-Jährige war ja dann ebenfalls an die Anlegestelle des Segelklubs St. Moritz gekommen, wo in diesem Moment das Ruderboot von der Forensik untersucht worden war.

Beide waren somit während der Tatzeit am Montagabend und in der Nacht auf Dienstag in der Villa. Corina fragte sich nun, wo Selina Causevic nach dem Verlassen der Villa Chantarella, am Montagabend um 21:07 Uhr, wohl hingegangen war? Nach Hause, wie sie behauptet hatte? Dass sie zu Fuß gekommen war, würde dazu passen.

Corina wusste, dass man die offiziellen Ein- und Ausgänge in einem so weitläufigen Bau wie der Villa Chantarella vermeiden konnte, wenn man nicht von einer der Kameras erfasst werden wollte. Deshalb bat sie zusätzlich die IT-Forensik in Chur, spezielle Nutzungsprofile der Handys von Rudolfo Maranta, Lorena Feuerbach sowie Mutter und Sohn Causevic zu erstellen; und das von den letzten zwei Wochen bis zum aktuellen Wochentag.

Die weiteren Recherchen an dem Tag förderten nicht viel Neues über Wolfgang Maranta zu Tage, eigentlich gar nichts, außer das, was allgemein schon bekannt war: Der mittlerweile 85-Jährige war schon immer öffentlichkeitsscheu gewesen, und wenn er dann zwangsläufig mal ins Rampenlicht treten musste, erfuhr man von ihm rein gar nichts Persönliches. Er hielt sich stattdessen stets an die geschäftliche Agenda. Der schwerreiche Mann wohnte nicht etwa in einem teuren Anwesen. Er domizilierte, wie Rudolfo Maranta gesagt hatte, in einem Luxushotel der Extraklasse, dem Suvretta House oberhalb von St. Moritz, das erst vor zehn Jahren von den Marantas käuflich erworben worden war. Corina griff auf ihr gutes Kontaktnetzwerk zurück und erfuhr: Damals hatte Wolfgang Maranta die beiden Turmsuiten zu einer umgebaut, um dort seinen Lebensabend in Ruhe und Zurückgezogenheit verbringen zu können, denn dort würde es ihm an nichts fehlen: vom riesigen Spa-Bereich bis zu einem 15-Punkte-Gault-Millau-Restaurant, und vor allem nicht an Privatsphäre. Das altehrwürdige achtstöckige Hotel war 1912 im Stil des späten Historismus erbaut worden und gehörte zu den *Leading Hotels of the World* und schien somit eines Marantas würdig.

Nun, mit der Ruhe, die er dort genießen wollte, mit der sollte es nun bald vorbei sein, meinte Corina, nachdem sie sich mit Urs abgesprochen hatte.

Gemeinsam mit Sonja fuhr Corina etwas außerhalb von St. Moritz den Hang hoch. Das imposante Hotel mit einem kolossalen Giebeldach, hoch und steil wie ein Berg, hob sich augenfällig über ihnen ab, überragt nur von den zwei in der Mitte platzierten Türmen, die dem Bau Symmetrie verliehen. Auf den beiden äußersten Giebeln flatterten die Fahnen von Graubünden und die der Schweiz.

Falls jemand Reiches in St. Moritz seine Visitenkarte visualisieren wollte, dann in Form eines solchen Hotels oder dem Batrutt's Palace, dachte Corina, als sie nach dem Verlassen des zivilen Wagens an der Fassade hochblickte.

»Ich nehme an, er wird uns gleich seine Anwälte auf den Hals hetzen«, sagte Corina leise und nahm den Blick von dem Gebäude. »Er soll hinter der Fassade ein regelrechtes Scheusal sein.« Sie musste sich zusammenreißen, immerhin, es könnte sehr wohl der Mörder ihrer Mutter sein, auf den sie gleich trafen, aber er war ja auch ihr, Corinas, Großvater.

Corina musste zugeben, dass das Suvretta House stilvoll eingerichtet war; geprägt von diesem unvergessenen Glanz vergangener goldener Zeiten und dennoch modern. Sie trat an die Rezeption und meldete sich an.

Die Rezeptionistin, die Uniform trug, bediente sie sehr freundlich, hob aber eine Augenbraue, als sie das Wort Polizei hörte, und verschwand diskret im Backoffice.

»Herr Maranta lässt bitten«, sagte sie, als sie keine Minute später zurückkam, und ging voraus.

Das Hotel strahlte überall in der Pracht vergangener Jahre: hohe Decken mit Stuck, Kronleuchter, edle Möbelstücke, ein Eintauchen in ein vergangenes Jahrhundert.

Oben in der großen Turmsuite angekommen, empfing sie der 85-Jährige im Grünen Salon. Niemals hätte man ihm sein Alter angesehen, der Mann war rüstig und schien noch voller Leben.

Er trug einen weißen Anzug, braune geschnürte Schuhe und mochte dem Anschein nach wie sein Sohn Rudolfo ebenfalls keine Krawatten, denn er trug nur ein hellbraunes Hemd unter seinem Jackett. Am Revers seines Anzuges prangte ein Pin mit dem Sonnensymbol von St. Moritz, in der Hand hielt er eine klassische gerade Pfeife, die er vor der Begrüßung zwischen den Backenzähnen eingeklemmt gehabt hatte.

Er wartete, bis die beiden Ermittlerinnen Platz genommen hatten und die Erfrischungen gereicht worden waren, und paffte zwischendurch einen würzig riechenden Zug. Er saß mit dem Rücken zum Erkturm-Fenster, sodass Corina schräg an ihm vorbei hinab auf den Silvaplanersee blicken konnte, der weiter hinten im Tal lag. Was für ein schöner Anblick, dachte sie, um sich vor dem, was nun kam, kurz abzulenken.

»Ich nehme an, es geht um den Tod meiner geliebten Enkelin?« Seine Stimme war weich wie auch sein Gesichtsausdruck. Niemals würde man dahinter den knallharten Geschäftsmann erkennen – und erst recht nicht einen Mörder.

Corina wusste nicht, ob Rudolfo ihn in der Zwischenzeit überhaupt informiert hatte. Ob er wusste, dass sie wusste, dass auch sie eine Maranta war. Sie nahm es daher selber in die Hand: »Ich werde nicht lange um den heißen Brei herumreden«, begann sie. »Aufgrund des tragischen Todes von Anastassia weiß ich durch einen DNA-Nachweis, dass ich ihre Halbschwester bin. Rudolfo hat mir dies bestätigt. Ebenso ist ein Brief meiner Mutter aufgetaucht, der dies belegt.«

Maranta senior hatte die langen Beine übereinandergeschlagen und saß völlig entspannt in seinem verschnörkelten Stuhl, den Pfeifenkopf in der Hand. »Das ist richtig. Sie sind meine Enkelin. Ich weiß Bescheid.«

»Nun, anlässlich des Mordes an Anastassia kamen erweiterte Ermittlungen in Gange. Auch der alte Fall von Helena Maranta, Anastassias Mutter, Ihrer Schwiegertochter, wird aktuell wieder aufgerollt. Ebenso der Tod meiner Mutter, Everita Costa.«

Corina konnte keine Regung im Gesicht des Mannes erkennen. Sie ließ sich aber nicht beirren. »Uns liegt ein Brief vor, von der Hebamme, die damals meiner Mutter bei meiner Geburt zur Seite gestanden hatte. Die Frau behauptet, dass meine Mutter keinen Selbstmord begangen hätte, sondern umgebracht worden sei.«

»Das tut mir leid für Sie. Muss für Sie aufwühlend sein. Aber ob dies auch wahr sein kann?«

»Die Frau schreibt, dass Sie, Wolfgang Maranta, an jenem Tag, um genauer zu sein an jenem Nachmittag, bei meiner Mutter waren, kurz bevor ich sie, als ich vom Gymnasium zurückkam, tot im Keller aufgefunden habe. Somit frage ich Sie nun direkt: Was taten Sie an jenem Freitagnachmittag im Jahr 2001 bei meiner Mutter, bei uns zu Hause?«

Wolfgang Maranta wirkte tiefenentspannt, er legte seine großen Hände übereinander. »Das hat diese Frau damals schon behauptet, und es wurde deswegen in den vergangenen 22 Jahren auch nicht wahrer. Die Frau Mazzoleni war wahnhaft, so war es doch. Ich kann mich erinnern, das Spital Oberengadin musste sie deshalb entlassen, und sie zog danach irgendwo ins Unterland. Und wie ich hörte, ist sie nun tot.«

»Kannten Sie meine Mutter?« Corina ging nicht auf die letzte Aussage von Maranta ein.

»Natürlich. Nachdem ich von meinem Sohn Rudolfo von der Schwangerschaft vernahm, suchte ich sie mit ihm zusammen auf. Gemeinsam suchten wir die beste Lösung für alle.«

»Und danach?«

»Danach sah ich sie nie wieder. Sie hat damals eine Vereinbarung unterschrieben, alle Ansprüche wurden erfüllt. Was hätte es da noch zu reden gegeben? Wir gingen in geklärten Umständen auseinander.«

»Das denken Sie. Meine Mutter wurde damals massiv unter Druck gesetzt, mit dem Feuerteufel bedroht.«

»Sind Sie in diesen Ermittlungen nicht ein wenig befangen, wenn ich das so anbringen darf?«, stellte er wie beiläufig zur Diskussion.

Was hat der Mann für eine dreckige Art?, dachte Corina und wusste sofort, warum ihre Mutter wollte, dass er niemals in ihre Nähe käme. Dennoch, sie musste mit ihren Fragen weitermachen: »Meine Mutter, sie wollte mir wenigstens den Namen meines Vaters nennen, ein Treffen mit ihm ermöglichen, damit ich endlich wissen würde, woher ich komme. Ohne Ansprüche zu stellen notabene. Doch Sie wollten dies unter allen Umständen verhindern, den Ruf, der Ihnen ja so wichtig ist, weiter wahren, nichts ins Saubermannbild dringen lassen. Übrigens, meine Mutter hat damals, an jenem Freitagnachmittag, kurz vor ihrem Tod, gegenüber Evelina Mazzoleni am Telefon erwähnt, dass Sie im Vorfeld außerordentlich wütend geworden seien, weil meine Mutter Kontakt erst zu Rudolfo, dann zu Ihnen aufgenommen hatte.«

»So wütend, dass man jemanden umbringen würde?«

»Sagen Sie es mir, Herr Maranta. Es gibt eben Dinge, die man nicht kaufen kann. Das Schweigen meiner Mutter zum Beispiel.«

»Hören Sie, es gab damals schon eine Untersuchung wegen der Aussage dieser Hebamme. Sie hat später zu Protokoll gegeben, dass sie mich mit der Falschaussage denunzieren wollte, dass sie phantasiert hatte. Diese Untersuchung belegte damals schon meine Unschuld. Ich bin kein Mörder, in keinem der drei Fälle.« Noch immer blieb er nach außen hin die Ruhe selbst. »Der Fall Ihrer Mutter wäre, sogar wenn es ein Mord gewesen wäre, längst verjährt. Also, was möchten Sie überhaupt von mir?«

»Sie haben damals meine Mutter an ihrem Todestag also nicht aufgesucht? Richtig?«

»Richtig.«

»Gut, damit haben wir jetzt diese Aussage. Nun ist es so, dass wir mittlerweile erweiterte Informationen haben.« Sie machte eine kurze Pause, ließ das Gesagte kurz im Raum schweben. »Gemäß den Akten von damals wurden Spuren auf der Leiche meiner Mutter gesichert: Haar und Hautschuppen … von einem Mann noch dazu«, bluffte Corina. »Moment bitte.« Sie zog einen verschweißten Plastikbeutel aus ihrer Tasche. »Deshalb würden wir gerne eine DNA-Probe von Ihnen haben, um sie zu vergleichen.«

Zum ersten Mal kam etwas Bewegung in Wolfgang Marantas Gesichtszüge. »Nein, ich verweigere Ihnen diese«, sagte er weiterhin gefasst.

»Es würde doch aber Ihre Unschuld untermauern, wenn es denn keine Übereinstimmung gäbe«, konterte Corina. »Aus Ihrer Sicht hätten Sie doch nur zu gewinnen, und wir könnten uns dann auf weitere Verdächtige konzentrieren.«

»Nein. Ich verwehre diese Probe aus ganz einfachem Grund: Ich bin unschuldig.«

»Na gut, Sie können sich ja bestimmt vorstellen, dass Ihre Verweigerung die Anschuldigungen im Brief der Hebamme aus unserer Sicht nur noch glaubwürdiger erscheinen lässt, ja?«

»Die Bewertung darüber überlasse ich selbstverständlich Ihnen.«

»Gut, dann war's das fürs Erste.« Corina verstaute das Set im Plastikbeutel wieder in ihrer Tasche und trat vor den großen Wolfgang Maranta, während hinter ihr Sonja noch sitzen blieb.

»Wie Sie wünschen.« Mehr sagte er nicht, deutete mit

einer Handbewegung an, dass er sie zur Tür begleiten wollte. Erst jetzt erhob sich auch Sonja Meier.

»Ach ja«, sagte Corina noch auf der Türschwelle. »Wussten Sie, dass Ihre Schwiegertochter Helena schwanger war, als sie zu Tode kam?« Sie benutzte bewusst nicht das Wort Selbstmord. »Und das, obwohl Rudolfo damals bereits unterbunden war …«

»Auch dieser Fall ist abgeschlossen und geklärt worden. Besser, Sie klären jetzt den abscheulichen Mord an meinem einzigen Enkelkind auf.«

Corina ignorierte diese Anspielung, sie als Enkelin auszuschließen, und blickte zu Maranta hoch, der wieder seine Pfeife zwischen die Zähne geklemmt hatte.

»Das werden wir, glauben Sie mir. Nicht nur weil sie meine Halbschwester ist. Aber wir werden auch ausfindig machen, wer der Kindsvater von Helenas ungeborenem Kind war. Danke für Ihre Zeit.«

Corina und Sonja betraten das Treppenhaus, das ebenso mondän wirkte wie der Rest des Hotels; dicke Teppiche, hohe Fenster und Kunstwerke an den Wänden. Corina nahm ihr Handy aus der hinteren Hosentasche und wählte eine Nummer. »Es ist alles bereit.« Mehr sagte sie nicht.

»Okay«, sagte eine weibliche Stimme auf der anderen Seite. »Wir sind in Position.«

Corina und Sonja fuhren zurück auf die Dienststelle, wo sie Urs Capeder bereits erwartete.

Er winkte sie leicht aufgeregt in sein Büro. »Es ist besser gelaufen, als wir auch nur hoffen konnten. Die IT-Technikerin hat mir bereits die erste Aufnahme, eine alles entscheidende, übermittelt.«

»Was, so schnell?«, wunderte sich Corina, und auch

Sonja machte erstaunte Augen, denn sie hatten das Hotel erst vor etwas mehr als 20 Minuten verlassen.

»Setzt euch.« Urs wirkte nun sichtlich aufgeregt. Er rief eine Audiodatei auf. Wolfgang Marantas Stimme war zu hören. Er telefonierte.

»Wolfgang hier. Selina, kannst du sprechen? … Gut. Ich muss dir sagen, dass die genauso engstirnig ist wie ihre Mutter. … von wegen. Jemand hat damals doch Spuren gesichert, und diese, wie ich hören musste, wurden nun der Polizei zugespielt. Diese Costa wollte deshalb doch tatsächlich ein DNA-Probe von mir … Ja, das weiß ich doch, dass mir niemand meine Tat von damals nachweisen kann, und wenn ja, sage ich halt, ich wäre doch bei ihr gewesen … Warum ich nicht die Wahrheit sage … Hast du es vergessen? Also, zur Auffrischung deiner Erinnerung erkläre ich es dir ein letztes Mal. Meinst du, jemand würde, was wirklich geschehen ist, jetzt noch glauben? Glauben, dass ich an jenem schicksalhaften Tag bei Everita Costa auf dem Hof auftauchte, weil sie mir nach all den Jahren plötzlich fordernd geschrieben hatte, dass es doch einen Weg gebe, dass Corina Rudolfo kennenlernen könnte, ohne dass es seine Familie mitbekäme. Reinste Phantastereien. Aber ich habe ja versucht, ihr meine Lage zu schildern, in die sie mich damit gebracht hatte. Und ich war ihr gegenüber freundlich, dann versuchte ich es mit Nachdruck. Aber diese engstirnige Hippie-Braut brachte den Zorn über mich, sodass ich in einer geistigen Umnachtung meine Beherrschung verlor und ihr einen Stoß versetzte. Dabei schlug sie so unglücklich mit dem Hinterkopf auf den Boden. Ich habe es schon am Geräusch gehört, sie war auf der Stelle tot. Nicht einen Tropfen Blut verlor sie dabei. Ich geriet in Panik, wusste nicht, was ich tun sollte, und rief bei dir an, und so kamen wir beide auf diese glorreiche Idee, einen Selbstmord vorzutäuschen, und alles wurde schwieriger. An den Rest mag ich gar nicht mehr denken. Ich konnte ja nicht wissen, dass sie zuvor mit der Mazzoleni telefoniert hatte, die wir 18 Jahre zuvor aus dem Tal gejagt hatten … Immerhin, die ist jetzt tot, aber dieser Brief von ihr …« Dann herrschte einen Moment lang Schweigen, bevor er mit trockener Stimme sagte: »Also hör mir endlich auf mit der Wahrheit. Das ist alles verjährt. Schlimmer ist das mit Helena. Denn wenn das rauskommt, bin ich geliefert … Costa stoppen? Die Drohung mit dem Benzin hat sie nicht einen Moment zögern lassen, sondern die haben einfach einen Bewacher vor die verdammte Hütte gestellt. Deshalb braucht Marlon auch kein zweites Mal mehr hoch deswegen. Nein, den Fehler, eine Costa stoppen zu wollen, habe ich einmal gemacht. Corina ist, ob ich es wahrhaben will oder nicht, auch eine Maranta. Diese Mischung wird unser Ende sein, denn sie rollen den Fall von Helena nochmals auf, und da kann ich nichts beschönigen. Und wenn Rudolfo das erfährt, verliere ich alles, einfach alles … nein, ich gebe noch nicht auf. Ich werde nun einen langen Spaziergang machen und heute Abend gut essen, sehr gut essen. Ich denke, die fahren bald hier ein. Und du, du wirst ja selber wissen, was zu tun ist.«

Corina hatte beim Zuhören zwischendurch kurz die Augen geschlossen. Es war seltsam zu wissen, dass ihre Mutter durch eine Tätlichkeit so unglücklich gefallen war, dass sie ohne zu leiden sofort tot gewesen war. Dies war dennoch eine Erleichterung. Sie war auch froh zu wissen, dass sie selbst keinerlei Schuld am Tod ihrer Mutter trug. Sie hatte damals so darum gekämpft, dass sie ihren Vater kennenlernen durfte, um endlich diese Leere zu füllen. Sie hatte Angst gehabt, dass sie ihre Mutter mit ihren Fragen in die Verzweiflung getrieben hatte, doch dem war nicht so.

»Macht euch keine Gedanken um mich«, sagte Corina, als sie die Blicke der beiden auf sich spürte. »Wir müssen nun gemeinsam diesen Sumpf trockenlegen. Das mit meiner Mutter zu verarbeiten, wird zwar Zeit brauchen, aber ich sorge mich, was er der schwangeren Helena möglicherweise angetan, ob er sie sogar umgebracht hatte? Seine Aussagen deuten auf nichts Gutes. Und wieso? War er am Ende selbst der Erzeuger des Kindes? Hatte er etwas mit seiner eigenen Schwiegertochter? Und wir wissen nun, wer in meinem Fall das Benzin auf meinen Hof gebracht hatte, wer mir und meinem Murmeltier schaden wollte. Marlon werden wir uns also auch noch vorknöpfen müssen.«

Urs fügte hinzu: »Die Arroganz gewisser Leute, ich spreche hier von diesem Wolfgang, der redet sich um Kopf und Kragen, und das am Telefon.« Dann wandte er sich Sonja zu. »Du hast die Abhörwanze perfekt platziert, während Corina ihn mit dem DNA-Test-Set abgelenkt hat. Und somit wissen wir nun auch, dass er mit Selina Causevic telefoniert hat. Wenn der später erfährt, dass wir vor dieser Aufnahme gar nichts in der Hand hatten!« Dann blickte er zu Corina: »Was mit Helena Maranta tatsächlich passiert ist, bleibt uns zwar vorerst verborgen, aber der alte Maranta ist gemäß seinen Aussagen so oder so darin involviert. Und noch immer wissen wir nicht, wer Anastassia umgebracht hat.« Sein Blick wurde mitfühlend. »Corina, tut mir echt leid, das jetzt sagen zu müssen, aber wir müssen auch in Betracht ziehen, dass Anastassia die Hebamme umgebracht haben könnte, auch wenn wir überhaupt keinen konkreten Hinweis darauf haben und auch kein Motiv. Wir wissen nur, dass Anastassia bei ihr auf dem Hof war, wohl auch an dem Abend, an dem Mazzoleni umgebracht wurde.«

Corina sagte leise: »Ich weiß, wir dürfen uns vor gar nichts verschließen, und ich, wir hier wissen nicht, was der Tod von Anastassias Mutter für Spuren bei der Teenagerin hinterlassen hat, denn wir kennen meine Halbschwester alle nur vom Hörensagen.«

»Wolfgang Maranta hat ja zuvor mit der Familienanwältin telefoniert. Die Rolle ihres Sohnes«, wandte Sonja ein, »wirft erhebliche Fragen auf und nicht nur, weil er Benzin auf Corinas Hof gebracht hat. Ich glaube zudem, dass das Alibi, das seine Mutter ihm für die Mordnacht gegeben hat, gelogen ist. Aber wir haben immerhin den ersten Fall geklärt, den mit Corinas Mama, und wissen zudem, dass Maranta in den Fall mit seiner Schwiegertochter Helena involviert gewesen ist.«

Urs nickte. »Und wie gehen wir nun weiter vor? Vorschläge?«

»Ich weiß es nicht«, sagte Corina. »Wir hören im Moment weiter die Turmsuite ab, Bewegungsprofile aufgrund der Handydaten sind noch in Arbeit. Aber für die Abhörung weiterer Handys musst du, Urs, noch die Genehmigungen einholen.«

»Nun gut«, sagte Capeder und nickte, »der Van mit der Funkverbindung zum versteckten Mikrophon in Marantas Turmsuite bleibt weiter nahe des Hotels positioniert. Wer weiß, mit wem der noch telefoniert, was er noch so alles ausplaudert. Ich denke, vorerst sind wir gut aufgestellt. Weitere Genehmigungen werden folgen.«

Corina nickte. »Ich denke kurz laut nach: Was, wenn sich Anastassia nach Erhalt des Briefes dem Falschen anvertraut hatte, und der- oder diejenige ihr Vertrauen missbrauchte und sie umbrachte, damit nicht noch mehr ans

Tageslicht kommt?« Da weder Urs noch Sonja etwas dazu sagten, fuhr sie fort: »Im Moment haben wir ja einiges erreicht. Ich mache für heute Schluss hier unten. Muss oben auf dem Berg nachdenken und habe noch einiges zu sortieren.«

»Pass dort oben auf dich auf«, sagte Urs. »Es könnte plötzlich zu einer Kurzschlussreaktion kommen, falls Maranta senior sich in die Enge gedrängt fühlt.«

»Das werde ich«, sagte Corina, als Capeders Telefon klingelte.

Er blickte auf das Handy und hob ab. »Dr. Kasperksy?« Er hob die Hand zum Zeichen, dass er zuhörte, bevor er sagte: »Ah, danke, gut zu wissen. Vielen Dank für die wichtige Info.«

Er legte auf. Corina und Sonja blickten ihn neugierig an.

»Die gute Frau ist schon eine Koryphäe, oder? Sie hat heute mit ihrem Team am See in Lenzerheide versucht, eine gespielt bewusstlose Person in ein Ruderboot zu hieven. Ausprobiert, wie das zu bewerkstelligen wäre. Anhand des Schürfmusters an der Leiche ist Kaspersky sich nun sicher, dass da zwei Personen am Werk gewesen sein müssen. Wahrscheinlich zwei nicht besonders kräftige Leute, sonst hätte es eine Person auch alleine tun können.«

Corina schwieg lange, sagte dann: »Zwei Personen … vielleicht ein alter Mann und eine Anwältin?«

»Du denkst doch nicht, dass der eigene Großvater …?« Capeder schien es nicht aussprechen zu wagen.

»Na ja, es wird schon seinen Grund haben, weshalb meine Mutter wollte, dass ich erst mit 18 und nur unter ihrer Aufsicht sozusagen meinen Vater kennenlernen sollte, und mich danach aber von den Marantas gleich wieder hätte fernhalten sollen. Ich bin sicher, es wäre ihr sogar am liebsten gewesen, wenn ich mit der Familie gar nicht in Berührung gekommen wäre.« Nach einem Schulterzucken, fügte sie an: »Ob ich will oder nicht, ich bin zu einem Teil auch eine Maranta. Und deshalb will ich erst recht wissen, was mit den Opfern passiert ist.«

Sonja dachte laut mit: »Da haben wir zum einen die 80-jährige Hebamme, die 24-jährige Anastassia und den Fall der damals 47-jährigen Helena Maranta.«

»Motive, wir brauchen Motive«, sagte Corina. »Bei Helena, wenn es denn Mord war, könnte die uneheliche Schwangerschaft eine oder die entscheidende Rolle gespielt haben. Bei der 80-jährigen Hebamme bin ich mir ziemlich sicher, dass sie im wahrsten Sinne des Wortes zum Schweigen gebracht worden ist. Aber bei Anastassia? Dazu mit dieser Droge? Wo sind die Verbindungen, vor allem über all die Jahre hinweg, zu Helenas Tod? Auf wen traf meine Halbschwester, als sie in der Nacht zurück ins Engadin kam? Wieso parkte ihr Wagen vor dem Hotel Waldhaus am See?« Sie blickte die anderen an. »Nichts geschieht grundlos. Und ich fühle, dass das alles irgendwie zusammenhängt. Ich weiß es einfach.«

Corina lief nach 19 Uhr den Weg zu ihrem Berghof hoch. Der Abend war mild. Sie trug, wie von Urs geraten, die Waffe griffbereit, obwohl, oder eben weil, nun klar war, von welcher Seite Ungemach drohte.

Kaum hatte sie ihren Hof erreicht, knatterte der Polizeiaspirant auf seinem Motorrad ins Tal.

An diesem Abend sprach Corina lange mit ihren Tieren, sie hatte ihnen viel zu erzählen und war außerdem noch nicht bereit, das Haus zu betreten.

Sie hatte auf dem Weg hinauf schöne Gräser und Blumen gepflückt und legte das Sträußchen schließlich im Haus auf den Boden, gedachte ihrer Mutter. Erst danach kochte sie sich Pasta und Gemüse aus dem Garten. Sie wusste, sie brauchte Kraft für das, was noch kommen sollte.

Als sie um 22 Uhr mit Fred den Berg hinter dem Haus hochstieg, ließ sie im ganzen Haus das Licht brennen. Es war dunkel geworden, und ein milder Wind kam auf.

In der Hand trug sie die kleine Trommel, die ihre Mutter ihr vermacht hatte. Früher schlug ihre Mutter diese Trommel, während sie gemeinsam sangen. Das war schön gewesen.

Fred musste spüren, dass etwas im Argen lag, denn er verhielt sich auf dem ganzen Weg viel ruhiger und anhänglicher als sonst.

Oben angekommen, stand Corina barfuß auf felsigem Untergrund. Sie trug ein Oberteil ihrer Mutter aus den Siebzigern, die Jeans wie immer mit breitem Aufschlag.

Als der Nachtwind anschwoll, fing sie leise an zu singen. Die Trommel fand sich in den Rhythmus ein, verwob alles. Es waren alte nordische Lieder, die Corina eins mit der Natur werden ließen. Es schien ihr, als schlügen ihre Füße Wurzeln tief in den Boden, als würde sie zu einem Baum und damit zum Berg, auf dem sie stand, und damit zur Erde. Eine tiefe namenlose Ruhe kehrte in sie ein und die Gewissheit, dass das Leben keinen Tod kannte, nur Übergänge, auch den, der sie einst zu ihrer Mutter führen würde – nicht heute, aber eines Tages.

Corina schlief auch in dieser Nacht auf der Terrasse. Fred lag in Decken gekuschelt daneben im Weidenkorb. Die Waffe lag griffbereit neben Corina.

12

Freitag

Diesmal schlief Corina ruhig, bis der Himmel hell wurde. Sie konnte noch immer kaum glauben, was seit dem vergangenen Montag alles geschehen war.

Doch mit dem neuen Morgen erwachte auch ihr Spürsinn. Kaum war der Polizeiaspirant vor Ort, fuhr sie mit dem Velo nach Samedan aufs Revier, das sie um 7:30 Uhr erreichte.

Die Kolleginnen der IT-Forensik der Kriminalpolizei in Chur hatten eine Nachtschicht eingelegt, die Auswertung der Handydaten lag deshalb bereits vor.

Aus diesen zeigte sich, dass Marlon Causevic in der Tatnacht von Montag auf Dienstag unterwegs gewesen sein musste, also gelogen hatte – wie seine Mutter. Die Mobiltelefone von Rudolfo Maranta, Lorena Feuerbach und Selina Causevic hatten hingegen ihre jeweiligen Standorte in der Mordnacht beibehalten. Somit mussten sich die drei zu Hause oder im nächsten Umkreis ihrer Häuser aufgehalten haben, was die Videoüberwachung der Villa Chantarella im Falle von Maranta und Feuerbach ja ebenfalls nahelegte.

Die Informatikerinnen hatten überdies belegen können, dass sich ein Handy, das sich beim Hotel Waldhaus am See befand, in eine andere Kopfstation einwählen musste, als jene bei den Villen der Marantas und der Causevics. Marlons Telefon ließ sich in der Mordnacht erst in der Nähe des Lej Marsch und dann in der Nähe des Fundorts des roten Audi Cabriolet orten und danach erst wieder in der Villa. Dies war entsprechend verdächtig, insbesondere da sogar die Zeiten mit dem Tathergang korrelierten. Deshalb wurde der Eilantrag für eine Hausdurchsuchung in der Villa Causevic innert Stundenfrist vom Staatsanwalt genehmigt.

Um kurz nach 9 Uhr rückte Corina mit Sonja und dem langen Franz aus.

»Bitte, dann schauen Sie sich halt um. Ich werde mich rechtlich schon noch zu wehren wissen. Schadensersatzklagen werden folgen«, drohte Selina Causevic sichtlich aufgerieben und trat an der großen Haustür beiseite.

»Frau Causevic«, sagte Corina gelassen, »das steht Ihnen alles frei. Es ist aber fürs Erste nicht Ihr Haus, das wir durchsuchen, sondern nur die Wohnung Ihres Sohnes.«

»Wieso?«

Corina gab keine Antwort, klopfte an der Zugangstür zu Marlons Einliegerwohnung.

Der 30-Jährige kam völlig verschlafen und nur mit einer Unterhose bekleidet an die Tür.

»Kantonspolizei. Guten Morgen, Herr Causevic. Wir kommen mit einem Hausdurchsuchungsbefehl.«

Er brauchte einen Moment, bis er begriff. Etwas verzweifelt fuhr er sich durchs dichte Haar, wirkte nervös und angespannt, bevor er zur Seite trat.

Die Durchsuchung begann, und es dauerte keine zehn Minuten, bis sie ein Kleid in einer Plastiktüte fanden, dazu eine schwarze Perücke.

»Wem gehört dieses Kleid? Sieht nicht nach Ihrer Größe aus.« Corina hielt Marlon die Plastiktüte mit ihren blauen Handschuhen vors Gesicht. »Soll ich raten?«

»Du sagst gar nichts.« Seine Mutter trat energisch dazwischen.

»Wozu die Perücke?« Corina ignorierte die Mutter, schob sie zur Seite.

Er schwieg, starrte zu Boden.

»Herr Causevic, wir nehmen Sie jetzt mit auf die Dienststelle.«

»Haben Sie einen Haftbefehl?«, funkte die Mutter erneut dazwischen.

»Frau Causevic, Sie als Anwältin sollten doch bestens wissen, dass wir für die ersten 24 Stunden rein gar nichts brauchen außer ein sauberes Gewissen, und das haben wir. Sie auch?«

Sonja, sie trug Handschuhe wie Corina, tütete alles ein, dann gingen sie mit Marlon zum Wagen. Der lange Franz behielt ihn im Auge und setzte ihn auf die Rückbank zwischen sich und Corina.

Es gab zwei Verhörräume in der Kantonspolizei Samedan. Marlon saß eine halbe Stunde später, es war 10 Uhr, in dem einen. Seine Mutter wurde als Anwältin abgelehnt, mit der Begründung, dass sie in den Fall involviert sein könnte. Aus diesem Grund schickte Urs Capeder auf Vorschlag von Corina zwei Beamte in die Villa Causevic, um dort sämtliche Räumlichkeiten zu durchsuchen.

Corina und Sonja mussten warten, bis eine junge Anwältin aus der Kanzlei Causevic angefahren kam, ganz auf Selina Causevics Kurs getrimmt, wie es schien.

Marlons Einvernahme dauerte ganze zwei Stunden, dazwischen erfolgten aufgrund seiner Aussagen telefonische Abklärungen, bis sich um 12 Uhr eine für Corina und Sonja plausible Geschichte ergab.

Das Bild, das sich ihnen bot, war das eines psychisch gestörten Mannes, der von Anastassia regelrecht besessen schien, so wie Lorena Feuerbach und Lotta Calotta es ganz zu Beginn der Ermittlungen schon erwähnt hatten. Marlon war deswegen bereits mehrmals in einer diskreten Privatklinik in Österreich untergebracht gewesen.

Auf seinen Verbleib in der Mordnacht angesprochen, legte er ein verstörendes Alibi vor: Freitagnacht, drei Tage vor der Mordnacht, habe er sich auf dem Fest am Lej Marsch gegenüber Anastassia sehr zurückgehalten, habe nur am Rande mitgefeiert und sie nur von Weitem beobachtet. Diese »Überreizung«, wie er es nannte, hatte dennoch zur Folge, dass er Tage später wieder sein »Spiel spielen« musste.

Deshalb hatte er sich für den späten Montagabend eine Edelprostituierte aus Zürich herbestellt, für satte 3000 Franken, wie er betonte, die sich zu einem Rollenspiel bereit erklärt hatte: Sie zog deshalb ein Kleid von Anastassia an, das er schon länger in seinem Besitz hatte, und sie setzte sich auch die Perücke mit dem unverkennbaren asymmetrischen Haarschnitt auf. Dann tanzte sie vor ihm am See, spielte ihre Rolle perfekt, wie er sagte. Dieser Moment habe ihm große Erleichterung verschafft, wie er mit rotgeränderten Augen sagte, weil ihm immer wieder die Tränen kamen.

Corina verstand nur allmählich: Es ging dem Mann dabei nicht um Sex, sondern um eine Art Teilhabe an der Aura ihrer Halbschwester. Doch kaum sei die Frau aus Zürich weggefahren, so berichtete er weiter und hatte dabei wieder diesen seltsamen Blick in seinen Augen, überkam ihn die Wut, weil alles ja doch nur Lug und Trug gewesen sei. Er fuhr ihr nach, benutzte die Lichthupe, sodass sie glauben musste, es gäbe ein Problem mit ihrem Wagen.

Sie hielt an. Er zerrte sie aus dem Wagen, dann würgte und bespuckte er sie in blinder Wut, riss ihr die Kleider vom Leib, bevor er sie schließlich gehen ließ. Dann habe er verzweifelt am Straßenrand gesessen, habe die Chefin dieses Escort-Service angerufen – sie kannten seine Eskapaden schon – und sich mit ihr auf ein Schmerzensgeld von 10 000 Franken geeinigt, damit die Sache vom Tisch sei.

Verstört fuhr er danach durch die Nacht, am See entlang durch St. Moritz und weiter Richtung Silvaplana, bevor er nach Hause kam. Aber mit dem Mord an Anastassia habe er rein gar nichts zu tun, darauf beharrte er.

Corina und Sonja hatten ihn in ein intensives Kreuzverhör genommen. Corinas Anruf bei dem Escort-Service bestätigte sein Alibi, doch von einem Vorfall und einer Schadensersatzzahlung wollten sie selbstredend nichts wissen. Corina wusste, dass man sie anlog, denn Marlons Opfer wollte wohl auf keinen Fall etwas mit der Polizei zu tun haben.

Als Corina Marlon fragte, ob seine Mutter seine späte Heimkehr bezeugen könne, sagte er, dass ihr BMW um diese Zeit nicht in der Garage gestanden habe, weil sie ihn bestimmt suchen gegangen sei.

Corina ließ ihn nicht gehen. Er wurde in einem anderen Raum weiter festgehalten. Etwas stimmte nicht, war sie überzeugt. Sie brauchte mehr Zeit, und sie wollte eine Absprache von ihm mit seiner Mutter verhindern.

Nach dem Verhör unterhielten sich Corina und Sonja mit einer weiteren Kollegin von der IT-Forensik, die gestern zur Verstärkung ins Engadin gekommen war, um die Handydaten der Verdächtigen auszuwerten und weiter Maranta senior abzuhören. Die IT-Spezialistin hatte etwas entdeckt:

»Corina, schau dir die Telefonverbindungen, die Aktivitäten der Telefone von Lorena Feuerbach und Selina Causevic am Montagabend bis in die Nacht an. Und das im Vergleich zu denen von Rudolfo Maranta. Fällt dir was auf?«

Corina gab nicht gleich Antwort, daher fuhr die Beamtin fort.

»Schau mal auf die Statistiken ihrer Antwortzeiten, wie lange es durchschnittlich dauerte, bis die beiden beispielsweise auf eine Nachricht reagierten oder einen Anruf entgegennahmen.«

Corina sah sich die Zahlen an. Alle drei Handys waren in den fraglichen Stunden zwar eingeschaltet, aber bei Feuerbach und Causevic wurde keiner der eingehenden Anrufe angenommen, keine einzige Nachricht beantwortet, dies im Gegensatz zu Maranta, der mehrmals am Handy aktiv war.

Corina fragte: »Du meinst, die beiden Frauen wussten, dass wir ihre Handys nachverfolgen können, und haben sie zu Hause gelassen, haben deshalb nicht mit den Geräten interagiert?«

»Ich wüsste keinen anderen Grund. Wenn ich die Reaktionszeiten der letzten Wochen als Vergleich nehme, sehe ich, dass so was sonst nie vorkommt. Ich bin überzeugt, dass die beiden nicht zu Hause waren, die Handys aber dort zurückließen.«

Corina hob den Blick von der Liste, schaute zu Sonja. »Aber wieso? Was hätten sie für einen Grund, in das Verbrechen an Anastassia verstrickt zu sein?« Und sie gab sich gleich selber die Antwort: »Ich ruf bei der Verkehrspolizei an, die sollen alle Autokennzeichen, die von den Marantas und Causevics eingelöst worden sind, vom späteren Montagnachmittag bis zum Dienstagmorgen durch den Scanner laufen lassen. Wer sagt uns denn, dass die nicht

Anastassias Aufenthaltsort rausgefunden haben und ihr ins Toggenburg gefolgt sind, sie zurückholen wollten, oder was auch immer? Wie genau das zustande kam, keine Ahnung, aber wir müssen in alle Richtungen ermitteln. Bis wir das wissen, behalten wir Marlon in unserem Gewahrsam, er darf im Moment weder mit seiner Anwältin und erst recht nicht mit seiner Mutter reden, auch wenn bis jetzt sonst nichts Verdächtiges in ihrer Villa gefunden wurde.«

»Guter Ansatz«, sagte Sonja, »denn Wolfgang Maranta schweigt sich im Moment aus. Er scheint darauf zu warten, ob wir ihn erwischen. Gemäß einer verdeckten Ermittlerin aus Chur, die im Hotel ist, lässt er es sich gut gehen.«

In den nächsten zwei Stunden versuchte Corina an weitere Daten zu Helenas Selbstmord zu kommen. Die Identität des Liebhabers zeichnete sich nicht ab, ebenso wenig gab der alte Obduktionsbericht etwas her, wie ihr Dr. Kaspersky mitteilte. Dr. Kaspersky war wieder in Chur und trieb die forensische Untersuchung des auf dem Hof der alten Hebamme sichergestellten DNA-Materials weiter voran.

Um 14:25 Uhr kamen sie endlich einen großen Schritt weiter. Corina und Sonja hatten in der Zwischenzeit nur kurz die Zeit gefunden im angrenzenden Migros-Markt etwas zum Mittagessen zu kaufen.

Die Verkehrspolizei St. Gallen wurde beim Scannen verschiedener Verkehrsüberwachungskameras fündig: Selina Causevics blauer BMW konnte am Montagabend um 22:26 zwischen Bad Ragaz und Sargans ausgemacht werden und wieder um 00:17 Uhr auf dem Rückweg auf der A13 Richtung Chur, nur kurz nachdem Anastassias roter Audi zurück Richtung Engadin gefahren war.

Corina, die nun zusammen mit Sonja und dem langen Franz bei Capeder im Büro saß, glaubte, dass sie sich der Lösung der Fälle entscheidend näherten, denn auf der ersten Aufnahme, der um 22:26 Uhr, waren aufgrund der Kameraposition und der Beleuchtung sowohl Selina Causevic wie auch Lorena Feuerbach im Wagen zu erkennen. Auf der Rückfahrt um 00:17 Uhr hingegen war nur noch eine Silhouette im BMW zu erkennen, dafür deren zwei in dem Audi von Anastassia, der vorausgefahren war.

»Ich gehe stark davon aus«, begann Corina mit Blick auf die anderen, »dass alle drei im Toggenburg bei der Hebamme gewesen sind. Möglicherweise kam es zum Streit, die Hebamme zahlte dafür mit ihrem Leben. Vielleicht passierte der Mord an der Hebamme aber auch erst, nachdem Anastassia und Feuerbach, ich gehe davon aus, dass die beiden die dunklen Silhouetten im Audi waren, den Hof in diesem verlassen hatten, und Causevic folgte ihnen nach der Tat mit dem BMW hinterher. Wieso es aber danach zum Mord an Anastassia kam ... ich weiß es nicht. Mir fehlt auch noch immer das Motiv.«

Urs Capeder, der lange still gewesen war, sagte: »Ganz einfach: Vielleicht wollte auch sie nicht schweigen. Aber warum machen wir es nicht nach der alten Methode. Ich meine, sind wir ehrlich: Die beiden verdächtigen Frauen lügen, und sie werden auch im Verhör nicht einfach so die Wahrheit sagen. Wir wissen, dass Feuerbach die Villa an dem Abend außerhalb der Blicke der Kameras verlassen haben muss und bei Causevic in den BMW gestiegen ist. Die beiden haben, und dafür verwette ich meine Handorgel, gehörig Dreck am Stecken.«

»Na gut«, sagte Corina. »Die Frage ist aber noch: Woher wussten die beiden, wo Anastassia sich aufhielt? Nicht mal wir fanden den Hof auf Anhieb, und wir hatten die Adresse.

Sie mussten daher vom Brief der Hebamme gewusst haben. Ich schlage deshalb vor, dass wir langsam, aber sicher größeres Geschütz auffahren, denn ich bin zuversichtlich, dass wir einmal mehr erleben werden, dass sich bei solchen Leuten jeder selbst der Nächste ist, vor allem wenn es eng und enger wird. Aber wir müssen schlau vorgehen. Kommt, lasst uns eine Verhörstrategie festlegen.«

Nach einer intensiven Diskussion, in der sie die jeweiligen Erfolgschancen abwägten, und unter Einbezug der Fakten, und vor allem in Anbetracht dessen, dass sie keinen einzigen stichhaltigen Beweis hatten, der eine oder beide des Mordes überführen könnte, fassten sie einen Plan.

Corina, Sonja und der lange Franz verhafteten um kurz nach 15:00 Uhr als Erstes Lorena Feuerbach, die ihnen in der Villa Chantarella die Tür des Lieferanteneingangs geöffnet hatte. Sie wirkte völlig überrascht, lachte sogar, fragte, ob dies alles ein schlechter Scherz sei, dann setzte sie sich mit ihrem teuren Zweiteiler auf die Rücksitzbank zwischen Corina und Sonja. Der lange Franz saß am Steuer, wie immer etwas geduckt. Sie fuhren auf dem Rückweg bewusst so, dass Feuerbach gerade noch sehen konnte, wie ein anderes Zugriffsteam die Anwältin Causevic in Handschellen aus deren Villa abführte.

Kurz begegneten sich die beiden Teams im Flur auf der Dienststelle, auch das war so geplant, ehe Feuerbach und Causevic jede in eine Zelle gesperrt wurden. Dort würden sie die beiden mindestens eine Stunde ausharren lassen. Corina sagte manchmal, dass Zeit dein Freund, aber auch dein Feind sein kann – in diesem Fall beides.

Dass Selina Causevic nicht nach einem Anwalt verlangte, war nicht erstaunlich, aber dass Lorena Feuerbach es ihr gleichtat, musste Taktik sein, dachte Corina. Sie wollte bestimmt den Anschein von Unschuld erwecken. Der Vorteil, den sie als Kriminalpolizei im Moment aber hatten, war, dass die Inhaftierten keine Ahnung hatten, was Corina und ihr Team tatsächlich wussten und was nicht. Ein Problem aber hatte Corina: Sie musste das Motiv für den Mord an Anastassia finden. Wieso sollte die Familienanwältin diese umbringen, und was hätte Feuerbach davon? Und wie hing das alles mit dem Tod von Helena Maranta zusammen, Anastassias Mutter?

Und während sie intensiv darüber nachdachte, schwante ihr plötzlich Böses. Der Fall hatte auch mit ihr zu tun!

Als wären die einzelnen Fälle bunte Tetris-Blöcke, die auf sie hinabfielen, vermochte sie diese plötzlich so zu platzieren, dass es ein Ganzes gab, ein schreckliches Ganzes, das scheußliche menschliche Abgründe offenbarte.

Sie platzte bei ihrem Chef ins Büro. »Urs, bitte, ich muss kurz weg, bevor wir mit den Einvernahmen beginnen. Zum alten Maranta.«

»Aber du hast ja keinen Führerschein!«

»Ich fahre mit dem Velo hin, das tut mir gut und denen in der Zelle auch.« Und schon war sie auf dem Weg. Urs konnte ihr nur verwundert nachblicken.

Corina radelte in der Wärme dieses heißen Nachmittages von Samedan nach St. Moritz. Sie, die es gewohnt war, in die Pedale zu treten, schaffte die acht Kilometer in nur 30 Minuten und war 16:25 Uhr vor Ort.

Einzig der letzte Anstieg war etwas mühsam gewesen, hatte sie ins Schwitzen gebracht. Doch die Bewegung hatte ihr gutgetan, sie fühlte sich nun bereit, Wolfgang Maranta, ihrem Großvater, gegenüberzutreten, denn sie wusste nun, wer er wirklich war.

Die versteckte Wanze war noch nicht entdeckt worden,

die Abhöraktion zeichnete weiter alles auf, was im Grünen Salon gesprochen wurde, in den er sie führte.

Wieder nahm er auf dem Sessel Platz, sodass sein Rücken zum Erker mit der schönen Aussicht auf den See zeigte, und wieder hielt er seine Pfeife in der Hand, auch wenn er sie diesmal nicht ansteckte.

»Kommst du, um auch mich zu verhaften?«, fragte er und duzte Corina unverhohlen.

»Auch wenn Sie mein Großvater sind, bleibe ich gerne bei der Höflichkeitsform. Und ich muss wohl mit einem schwarzen Schaf in der Familie leben. Warum ich hier bin? Selina Causevic hat soeben ausgesagt und meinen Verdacht bestätigt, dass Helena Maranta tatsächlich von Ihnen ein Kind erwartet hatte«, bluffte Corina.

»So, hat sie das gesagt?« Er lächelte überheblich, als würde sein hohes Alter ihn vor allem schützen.

»Geld haben ist das eine … je nachdem womit und wie man es verdient, ist das eine bequeme Sache«, sagte Corina. »Aber einen guten Ruf zu bewahren, den man gar nie hatte, wie in Ihrem Fall, ist, als würde man in einem fahrenden Zug gegen die Fahrtrichtung laufen, um an einen anderen Ort zu kommen.«

Er sagte nichts. Aber sie:

»Sie sind kein guter Mensch, noch nie gewesen. Sie haben erst meine Mutter dazu drängen wollen, ihr Kind abzutreiben, mich zu töten, haben dabei zwei junge Menschen massiv unter Druck gesetzt. Doch das Gute hat gesiegt, dieses Kind sitzt nun hier vor Ihnen, als Frau, als Beamtin der Kantonspolizei Graubünden.« Ihr Blick strahlte ruhige Entschlossenheit aus. »Sie aber hatten ein Verhältnis mit Ihrer Schwiegertochter, als die Ehe zwischen ihr und meinem Vater in einer schweren Krise steckte. Damit der ganze Schlamassel nicht aufflog, die Fassade schön rein blieb, haben Sie Ihre medikamentensüchtige Schwiegertochter in den Selbstmord getrieben.« Sie schüttelte den Kopf. »Was sind Sie bloß für ein Scheusal!« Corina zeigte ihm ihre ganze Verachtung. »Mein Großvater werden Sie daher nie werden. Außerdem: Jemand, der nicht mal den Mut hat, zu seinen Taten zu stehen, ist in meinen Augen höchstens ein Hampelmann.«

Das saß. Sie wusste, das würde sein krankhaftes Ego wecken und seine Vernunft in den Hintergrund drängen. Und dass sie alleine vor ihm saß, würde diese Haltung noch fördern, denn er wähnte sich, überheblich wie er war, in Sicherheit.

»Was weiß denn eine wie du schon? Ich habe das alles hier erschaffen, ich bin es doch, der in den letzten Jahrzenten die Marantas zu Milliardären gemacht hat. Du hast außerdem keine Ahnung, wer und wie Helena war. Sie war schwach und labil, ihre Medikamentensucht ein Spiegel ihrer gestörten Seele. Ja, sie war schön, und sie hat mit ihren äußeren Reizen nie gegeizt. Und so ist es halt nun mal gekommen, dass ich mir das genommen habe, was sie mir angeboten hat. Aber an ihrem Tod bin ich nicht schuld. Das hat damit zu tun, dass sie mit der Situation, die sich ergeben hat, nicht umgehen konnte. Sie glaubte immer, dass sie sich noch irgendwie verwirklichen könnte, müsste. Ihre Kunst, die doch nie eine war ...« Er winkte verächtlich mit der Hand ab. »Dennoch haben wir sie gefördert, mit Geld alles ermöglicht, nur um ihr den Schein zu verleihen.« Er redete nicht schnell, aber ereiferte sich dennoch. »Sie war immer am falschen Platz. Außerdem habe ich erst mit ihr geschlafen, nachdem Rudolfo sich diese Lorena in sein Bett geholt hatte.«

»Nun weiß ich wenigstens, wovor meine Mutter mich immer beschützten wollte, vor Ihnen!« Dann beugte sich Corina in ihrem Sessel etwas vor. »Sie sind der Grund, warum meine Mutter damals umgekommen ist, Sie haben sie zu Boden gestoßen und danach versucht, alles als Selbstmord zu vertuschen.«

»Ach, und das soll Selina Causevic behauptet haben?«

»Nein, Sie selber haben es uns gesagt.«

Er schien nicht zu verstehen. Corina griff unter den Stuhl, zeigte ihm die mit einem Montageklebeband fixierte kleine Wanze. »Auch dieses Gespräch wird aufgezeichnet, wie bereits das erste, als ich gestern mit meiner Kollegin Sonja Meier hier war, und alles, was sie seither hier gesprochen haben. Nun, ich denke, Sie werden Ihren wahren Ruf bald nach außen tragen, einen Ruf, der Ihnen wirklich gerecht wird.«

Er räusperte sich, dann griff er sich an den Hals, danach an die Brust. Die Pfeife glitt ihm aus der Hand, bevor er vom Stuhl fiel.

Corina fing ihn in letzter Sekunde auf, legte ihn auf dem teuren Teppich auf den Rücken und alarmierte sofort den Notarzt, denn sie fühlte keinen Puls. Sie begann mit einer Herzmuskelmassage und mit der Mund-zu-Mund-Beatmung. Ein Krankenwagen war in der Nähe, sie hörte nach nur zwei Minuten bereits die Sirene. Ein Notarzt und Rettungssanitäter stürmten in den Raum, beugten sich über den Mann, spritzten etwas in seine Vene.

Als sie ihn Minuten später auf der Bahre aus dem Raum trugen, sagte der Notarzt fast beiläufig zu Corina: »Sie haben diesem Mann mit Ihrem beherzten Einsatz das Leben gerettet.«

Corina wusste nicht, wie ihr geschah, als sie zurück nach Samedan radelte, das sie um 17:10 Uhr erreichte. Sie hatte zuvor in der Lobby des Hotels ihren Mund gespült und etwas Wasser getrunken, danach einen Schnaps.

Natürlich hatte Urs Capeder alles bereits mitbekommen.

»Corina, was ist das bloß für eine Woche? Es tut mir ja so leid für dich.« Er führte nicht aus, dass sie soeben dem Mann das Leben gerettet hatte, der ihre Mutter auf dem Gewissen hatte, doch Corina las dies zwischen den Zeilen.

»Ich wäre nicht besser als er, hätte ich mich von niedrigen Instinkten leiten lassen. Wenigstens haben wir den Fall meiner Mutter und den von Helena Maranta nun aufgeklärt.«

»Das hast du gut gemacht, Corina. Nun zeigen wir es den beiden anderen auch noch.«

»Ja, denn ich denke, ich weiß nun, wie es abgelaufen ist, denn Anastassia hatte ein so gutes Verhältnis zu ihrem Vater, sie hätte ihn niemals am Montag ohne eine Nachricht von ihr warten lassen. Sie wurde von jemandem manipuliert, und das kann nur Lorena Feuerbach oder Selina Causevic gewesen sein. Wir werden sehen. Das Motiv, oder soll ich sagen die Motive, glaube ich nun ebenfalls zu kennen. Jetzt müssen wir sie nur noch zum Reden bringen.«

Corina hatte sich entschieden, zuerst mit Selina Causevic zu reden, die nun aus der Zelle und in den Verhörraum geführt wurde.

»Sie haben uns belogen, Sie waren in der Nacht auf Dienstag nicht zu Hause, sondern im Toggenburg.« Etwas Regung kam in Causevics Gesicht, und Corina verschwieg, dass sie dies dank der Überwachungskameras der Verkehrspolizei wusste. Sagte aber stattdessen: »Ja, genau. Lorena Feuerbach ist gekippt, war geständig und kooperiert mit uns. Sie hat ausgesagt, dass Sie zu zweit in ihrem Wagen ins Toggenburg gefahren sind. Sie sei danach mit Anastassia zurück ins Engadin gefahren, Sie, Frau Causevic, folgten ihnen kurze Zeit später.«

Causevic schwieg.

»Wir wissen auch, warum Sie Lorena Feuerbach und Anastassia Maranta erst später folgten, denn Sie haben in dieser Zeit die Hebamme Evelina Mazzoleni mit einem Kissen erstickt, damit diese später, nachdem Sie auch Anastassia umgebracht haben, nicht würde reden können.«

Causevic schwieg weiter.

»Es ist Ihr Recht zu schweigen. Ich, wir«, Corina blickte zu Sonja, die neben ihr saß, »wollen Sie nur informieren, dass Sie nun in Untersuchungshaft genommen werden. Sie können sich ja dann im Verlaufe des weiteren Verfahrens ausgiebig zu allem äußern.«

»War es das?«

»Ja.« Corina ging zur Tür, vor der der lange Franz postiert war. »Bring sie wieder in ihre Zelle.«

Danach wurde Lorena Feuerbach in den Verhörraum geführt. Sie wirkte in ihrem schicken Zweiteiler gänzlich fehlplatziert in dem Raum. Kaum hatte sie sich gesetzt, kam wie abgemacht der lange Franz in den Raum und sagte zu Corina: »Frau Causevic hat das Protokoll unterschrieben, wir fahren sie jetzt nach Hause.«

»Ist gut, sie soll aber verfügbar bleiben, wenn noch weitere Fragen aufkommen.« Dann wandte sie sich Feuerbach zu. »Frau Causevic hat uns eben bestätigt, dass sie Sie am Montagabend ins Toggenburg gefahren hatte, zu Anastassia und zu dieser Hebamme. Sie kannten die Adresse, denn Anastassia hat Ihnen ja als Einzige vom Brief der Hebamme erzählt, wie wir nun wissen. Anastassia bekam es nämlich mit der Angst zu tun, weil darin auch angedeutet wurde, dass ihr Großvater möglicherweise sogar ihre Mutter umgebracht haben könnte. Sie vertraute sich Ihnen an, weil ihr Vater weg war, sagte Ihnen, dass sie mit der Hebamme reden wolle und danach das Ganze mit dem Vater besprechen würde, damit Anzeige eingereicht werden konnte.« Corina blickte auf Feuerbach und erkannte anhand deren Gesichtsausdruck, dass sie im Großen und Ganzen richtig liegen musste. »Sie haben Anastassias berechtigte Angst vor ihrem Großvater ausgenutzt, ihr geraten, sie solle sich bei der Hebamme verstecken, bis Sie, Frau Feuerbach, am Montag mit ihrem Vater reden konnten, damit die Ermittlungen danach in Gang kämen«, betonte Corina. »Ein guter Vorschlag, denn Anastassia kannte die Pathologie ihres Großvaters nur zu gut und wusste, dass er sie umgehend unter großen Druck setzen würde. Das hat er ja bekanntermaßen schon mit meiner Mutter und mit Helena Maranta gemacht. Deshalb wartete sie im Toggenburg versteckt ab, bis Sie sich bei ihr meldeten.«

»Sie spinnen ja«, brach es aus Feuerbach heraus.

»Wo bleibt Ihre gepflegte Sprache?« Corina blickte sie ruhig an. »Sie wandten sich an Selina Causevic, weil Ihnen der ganze Fall über den Kopf wuchs, Sie Angst hatten um den Ruf der Marantas und auch um ihren eigenen. Das Ganze kam für Selina Causevic aber gerade zur rechten Zeit, denn sie wollte Anastassia aus dem Weg räumen, weil sie nur zu gut wusste, dass ihr Sohn sich irgendwann an ihr schuldig machen würde, denn seine triebgesteuerten Rollenspiele hatten an Gewalt derart zugenommen, waren kaum mehr unter dem Deckel zu halten. Auf diese Weise kam seine Mutter ihm mit dem Mord sozusagen zuvor, um ihren Liebling zu schützen.« Nun funkelten Corinas Augen zornig. »Und Sie, Sie wären endlich die einzige Frau im Leben von Rudolfo gewesen, dem sie seit Jahren versuchen, so nahe wie eine Ehefrau zu kommen …, doch er trägt noch immer den Ehering. Und seine Tochter Anastassia war seine große Liebe. Sie haben deshalb die Hebamme erst mit dem Kissen erstickt und dann auf dem Weg zurück ins Engadin oder womöglich noch auf dem Hof im Toggenburg Anastassia mit einer Überdosis der Drogen vergiftet, Drogen, die Helena früher konsumierte.« Corina lehnte sich etwas zurück, der Zorn wich aus ihrem Gesicht. Mit ruhiger Stimme sagte sie: »Selina Causevic ist bereit für einen Deal und steht uns als Angeklagte, aber auch als Kronzeugin zur Verfügung. Nur darum ist sie im Moment auf freiem Fuß.«

Feuerbach schwieg.

Corina legte nach: »Und nachdem Anastassia auf der Rückfahrt weggedämmert war, Sie und Frau Causevic wussten beide, dass diese Dosis zu ihrem Tod führen würde, da habt ihr sie in das Boot gelegt, um für Verwirrung zu sorgen, was ja auch gelungen ist. Also, wollen Sie lebenslänglich? Reden Sie, wenn Sie noch mildernde Umstände geltend machen wollen!«

Feuerbach brach plötzlich in Tränen aus, sagte unter Schluchzen: »Es war aber nicht ganz so. Selina hat der Alten das Kissen auf das Gesicht gedrückt, nicht ich, und auch den Drogencocktail hat sie zubereitet und in einem Getränk aufgelöst, ich musste ihn Anastassia nur noch im Wagen reichen. Und das war keine Kunst, denn Anastassia hat immer im Handschuhfach eine kleine Flasche Shorley liegen. Die habe ich ausgetauscht, als wir im Toggenburg ankamen, da ich einen Zweitschlüssel von Anastassias Wagen besitze. Und wer sie kennt, weiß, dass sie vor jeder Fahrt etwas trinkt, oder spätestens unterwegs. In dieser Nacht habe ich nachgeholfen, nahm selber meine kleine PET-Flasche Mineral gleich nach der Abfahrt aus meiner Handtasche und reichte ihr im Gespräch gleich ihre, nahm für sie, weil sie da noch fuhr, den Deckel ab. Kurz später wurde ihr dann schwindelig, und sie bat mich, das Steuer zu übernehmen. Da haben wir die Plätze getauscht. Aber bitte glauben Sie mir, ich wurde manipuliert, ins Ganze reingezogen. Ich stand wie neben mir.«

»Ich bin sicher, Sie beide handelten aus unterschiedlichen Gründen, aber aus denselben niederen Instinkten. Sie, Frau Feuerbach, Sie wollten das Schweigen der Hebamme, damit all die alten Fälle nicht ans Licht kamen, denn es hätte das Gefüge im Hause Maranta so durcheinandergebracht, dass Sie befürchteten, nicht mehr dazuzugehören, denn Sie wollten eine echte Maranta werden, milliardenschwer sein. Aber Anastassia hatte sich bestimmt dagegen ausgesprochen, wollte die Wahrheit, das, was im Brief stand, ans Licht bringen, ungeachtet, ob es allen Marantas schaden würde. Sie fühlte sich der Wahrheit verpflichtet, und daher musste sie weg.«

»Es war nur Beihilfe meinerseits. Ich habe nur geholfen, die betäubte Anastassia ins Boot zu legen. Ich bin nur Mitläuferin, wurde sozusagen gezwungen von der übermächtigen Frau Causevic.«

»Und logischerweise haben Sie Rudolfo natürlich nicht gesagt, wo Anastassia sich aufhält, aber sie im Glauben gelassen, dass Sie ihren Vater unterrichtet haben. Und genau dieser Umstand hat mich auf Sie gebracht, denn Anastassia hätte niemals ihren Vater in der Luft hängen lassen. Niemals.«

Nun änderte sich Feuerbachs Tonlage: »Wissen Sie überhaupt, wie lange ich in der Villa Chantarella schon an Rudolfos Seite stehe und doch noch immer im Abseits? Wissen Sie das? All die Jahre, meine besten Jahre, teilte ich mit ihm das Bett, aber er mit mir nicht sein Herz. Das hing immer nur an Anastassia und jetzt auch noch an Ihnen. Ich habe mehr verdient als das, was er mir gegeben hat.«

»Sie und Frau Causevic reden immer nur davon, wie es für Sie beide war oder ist. Anastassia musste ohne ihre Mutter aufwachsen … jede und jeder hat seine Geschichte, die nie mit Mord umgeschrieben werden darf.«

Und wieder änderte sich Feuerbachs Tonlage. Nun klang sie bittend, ja regelrecht verzweifelt: »Können Sie ein gutes Wort für mich einlegen, jetzt, wo ich alles gestanden habe?«

»Anastassia war meine Halbschwester, sie wird morgen zu Grabe getragen. Sie sind bei mir an der falschen Adresse.«

Feuerbach verlor die Fassung, Angst verzerrte ihr Gesicht, sie begann wild zu schreien und um sich zu schlagen, sodass Corina und Sonja sie auf dem Boden fixieren mussten. Seltsam, ein Gefühl von Mitleid kam in diesem Moment in Corina hoch.

Um 18:30 Uhr stand Corina alleine vor dem Haupteingang der Villa Chantarella. Ihr Vater Rudolfo trat in die schon tiefer stehende Sonne.

»Wo möchtest du mit mir reden?«

»Lass uns spazieren gehen, zur Parkbank oben?«

Er nickte.

Sie redeten zwei geschlagene Stunden miteinander. Corina berichtete ihm, was sie ermittelt hatten. Rudolfo war fassungslos. Niemals wäre er darauf gekommen, doch je länger sie darüber sprachen, desto klarer, so erkannte es Corina, sah er die Zusammenhänge, fühlte, dass es tatsächlich die Wahrheit war.

»Das mit deiner Mutter tut mir leid, sehr leid«, sagte er in mitfühlendem Tonfall.

Corina nickte. »Mir das mit Anastassia, aber ich habe

auch Mitleid mit Helena und mit dir. Auch weil dein Vater, deine Assistentin und deine Anwältin dich so betrogen haben.«

»Und dennoch hast du ihm heute das Leben gerettet, wie ich vom Chefarzt des Spitals Samedan erfahren habe.« Er blickte sie an. »Du hast ein gutes Herz. Und nun sind nur noch wir beide übrig.«

Um punkt 11 Uhr am nächsten Tag läutete die Glocke von San Gian. Der schneeweiße Sarg von Anastassia war von einem Blumenmeer überhäuft. Eine kaum überschaubare Trauergemeinde füllte den Friedhof.

Corina war mit dem Fahrrad gekommen, trug ihre Alltagskleider, aber in der Hand hielt sie ein Sträußchen Wiesenblumen.

Sie blickte auf den Sarg, hörte die Glocke, Erinnerungen kamen hoch. Sie flüsterte ein Gebet, während der Sommerwind durch ihre wilden Locken strich. Die Bäume über ihr rauschten im Wind. Ihr Vater stand neben ihr, er war barfuß wie sie, er legte seinen Arm um ihre Schulter.

Zwei Wochen später:

Corina saß um 7:30 Uhr neben ihrem Vater im alten VW Golf. Ein schöner Sommermorgen lag über dem Engadin, während die beiden über den Julierpass fuhren.

Rudolfo trug ein Hemd mit nach oben gekrempelten Ärmeln. Das Seitenfenster war ein wenig heruntergekurbelt, sodass der Fahrtwind in den Wagen strömte.

Corina saß still, aber nicht in sich gekehrt auf dem Beifahrersitz und blickte in die Natur. Leise lief Musik von der Kassette ihrer Mutter.

Corina drehte langsam den Kopf zu ihrem Vater. »Das wird heute eine große Überraschung werden.«

Rudolfo lächelte. »Das wird es, das wird es. Erst recht, da ich nun weiß, wer die Frau ist.«

»Sagen wir es so, Papa: Das Leben hat Marina Melchert bis zum heutigen Tage nicht gerade verwöhnt. Nicht umsonst lebt sie in sehr ärmlichen Verhältnissen im Toggenburg und kommt mehr schlecht als recht über die Runden.«

»Wie alt ist sie noch mal?« Er blickte auf die Straße vor sich, die sich den Pass hochzog.

»Genau so alt wie ich, vierzig.« Corina lächelte. »Aber im Unterschied zu mir hat sie drei Kinder, schlägt sich Monat für Monat durch. Und das alles, ohne je Sozialhilfe bezogen zu haben.« Corina hatte in Erfahrung gebracht, dass Marinas Ex-Mann gewalttätig gewesen war, jahrelang die Familie drangsaliert und vor einem Jahr die Mutter seiner drei Kinder beinahe zu Tode geprügelt hatte. Seit Marina wieder aus dem Spital gekommen war, arbeitete sie, wo immer man sie brauchte. Berufstätig und gleichzeitig alleine verantwortlich für drei pubertierende Kinder, das stellte sich Corina sehr herausfordernd vor, und doch war dies keine Seltenheit in der Schweiz. Umso mehr freute sie sich auf das, was gleich geschehen würde.

Marina Melchert lebte mit ihren drei Kindern auf einem alten Hof in der Nähe von Alt St. Johann. Der große und gepflegte Gemüsegarten ließ einen ahnen, dass die Frau versuchte, auch auf diese Weise Geld zu sparen.

Rudolfo, der gepflegt nach einem Herrenduft roch, trat mit Corina an den etwas schiefen Gartenzaun. Es war Samstagmorgen kurz vor halb elf Uhr.

Sie suchten vergeblich nach einer Klingel, als schon ein Mädchen aus dem Haus kam.

»Grüeziwohl«, sagte das blondhaarige Mädchen mit hellwachen blauen Augen, die Neugierde ausstrahlten.

»Mein Name ist Corina Costa, und das ist mein Papa Rudolfo. Wir möchten gerne mit deiner Mutter sprechen. Wir haben uns angemeldet.« Das hatten sie in der Tat, aber Corina hatte sich am Telefon bedeckt gehalten, verschwiegen, worum es ging.

»Ist gut.« Das 13-jährige Mädchen verschwand im Haus und holte ihre Mutter.

Marina war eine schlanke Frau mit hellbraunem Haar, das ihr etwas schnittlos bis zu den Schultern fiel. Sie war schlicht gekleidet, wirkte insgesamt gepflegt, aber unsicher.

»Guten Tag.« Die Verunsicherung in ihrer Stimme schwebte in der Luft, als sich ihre beiden Söhne, die soeben hinter ihr aus der verblasst hellblauen Haustür traten, wie zum Schutz neben sie stellten. Große Kerle, im Alter von 17 und 15, wusste Corina aus den Akten.

»Guten Tag, Frau Melchert. Wir beide haben gestern miteinander telefoniert, richtig?«

Die Angesprochene nickte.

»Sind Sie von der Polizei, ja?«

»Ich bin zwar Beamtin, Kriminalbeamtin aus dem Engadin, aber ich und mein Vater, wir sind heute privat hier. Wir möchten Ihnen etwas geben.«

Ihr Misstrauen wich nicht. Geschenkt schien die Frau noch nie etwas bekommen zu haben.

Corina wollte die Frau nicht länger auf die Folter spannen, und sie fühlte, dass es ihr nicht wohl gewesen wäre, sie beide ins Haus zu bitten. Corina blickte zu ihrem Vater.

»Papa?« An das Wort hatte sie sich noch nicht gewöhnt, aber es fühlte sich gut an.

»Es geht um meine Tochter, meine andere Tochter, Anastassia, die verschwunden war und deren letzten Aufenthaltsort Sie der Kantonspolizei St. Gallen mitgeteilt hatten.«

»Ja?«

»Dank Ihrem Hinweis kam Bewegung in den Fall, und meine Tochter hier«, er blickte sichtlich stolz auf Corina, »konnte den Fall lösen.«

Die Frau verstand nicht.

»Ich habe damals eine Belohnung ausgesetzt, und die möchten wir Ihnen gerne überreichen.«

»Belohnung? Aber ich habe mich ja nur als Zeugin gemeldet, nachdem ich den Aufruf der Polizei vor der *Tagesschau* gesehen hatte. Da war von keiner Belohnung die Rede.«

»Das stimmt, aber ich habe persönlich eine ausgeschrieben für die Person, die uns bei der Suche nach meiner Tochter behilflich sein kann. Und deshalb«, er reichte ihr eine Kreditkarte, »hier, das ist für Sie, ich hoffe, das kommt Ihnen nicht ungelegen.« Dazu reichte er ihr noch ein Papier. »Geben Sie dies bei Ihrer Bank ab, die nehmen dann mit meinem Büro Kontakt auf.«

Die Frau blickte auf das Papier, ihre Jungen ebenfalls, und auch das Mädchen reckte sich. »Eine Million?« Sie konnte es nicht glauben.

Rudolfo nickte und Corina auch. »Eine Million. Und es freut mich sehr, dass Sie, ihr vier die Glücklichen seid.«

Der Betrag schien zu groß zu sein, als dass die Frau es hätte fassen können. Erst nachdem sie alle zusammen auf der kleinen Veranda Kaffee getrunken und sich zwei Stunden lang unterhalten hatten, begann Marina langsam zu verstehen. Sie blickte ihre Kinder an, die neben ihr saßen, ein Blick, der sagte, dass sie bereits daran dachte, dass sie nun endlich mehr Zeit für die Kinder haben würde.

Auf der Rückfahrt, es war Nachmittag geworden, bis sie das Toggenburg verließen, blickte Rudolfo zu seiner Tochter. »Das war ein guter, wirklich guter Moment. Anastassia wäre stolz auf uns gewesen. Da bin ich mir sicher.«

»Das glaube ich auch. Und für diese Frau, für diese Familie ist dieses Geld ein Segen. Ich hingegen werde die zwei Millionen, die du für mich beiseitegelegt hast, niemals anrühren, denn ich habe bereits alles, was ich brauche. Aber ich bin mir sicher, dass es noch andere Menschen gibt, denen wir beide damit Gutes tun können – und es muss ja auch nicht immer gleich eine Million sein, oder Papa?«